浮かぶ城砦

上様は用心棒2

麻倉一矢

時代小説

二見時代小説文庫

目次

第一章　うっちゃり百蔵《ひゃくぞう》　7

第二章　砦《とりで》か船か　61

第三章　女歌舞伎　116

第四章　誘拐　170

第五章　竜の目に涙　250

浮かぶ城砦——上様は用心棒2

第一章　うっちゃり百蔵《ひゃくぞう》

一

「あのお侍なら、きっと話に乗ってくれるにちがいないよ」

図体《ずうたい》ばかりでかく、まるで度胸《どきょう》のない弟の百蔵の腕をとって、姉のおもとがじれったそうに袖《そで》を引いた。

さっきからもう半刻《はんとき》（一時間）余り、こうして二人して相撲《すもう》小屋の前で行ったり来たりしながら、小屋から出てくる人を物色《ぶっしょく》している。

富岡八幡宮《とみがおかはちまんぐう》は恒例の秋の例祭に向けての準備が真っ盛りで、なかでも呼びものは小屋掛けの勧進《かんじん》相撲である。

このところの江戸の相撲人気はもの凄い。

ことに京の朝廷から〈日下開山《ひのしたかいざん》〉の称号を贈られた明石志賀之助《あかししがのすけ》が、江戸にもどってからというもの連戦連勝で、ひょっとしてその不敗の大力士が見られるかもしれないと、もうこの急ごしらえの相撲小屋の前は人だかりが絶えないのである。

相撲小屋とはいっても、この寛永《かんえい》の頃はいたって簡素なもので、各地の寺が寄進を目当てに急ごしらえの小屋を境内《けいだい》に用意させ、興行が終わればすぐ畳んでしまうという代物《しろもの》である。

屋根を支える方屋《かたや》や、土を盛った丸い土俵が準備されるのはずっと後のことで、この当時は見物人が〈一人方屋《ひとりかたや》〉という五間ほどの人の輪をつくり、そのなかで荒々しい取組《とりくみ》が行われていた。

姉に連れられてきた百蔵は、しばしぼんやりと相撲小屋を見つめていたが、姉にもういちど促されて、ようやくその侍に向かって歩きだした。

その侍、歳《とし》は三十路《みそじ》なかばといったところか。広い背の逞ましい男ぶりで、上物《じょうもの》の黒の羽二重《はぶたえ》を端整に着こなし髷《まげ》もきりりと結い、銀の柄頭《つかがしら》の立波な大小をたばさんでいる。

血色のいい色白の顔だちだが、周りの参拝客とはうって変わった雰囲気を漂わせているのは、そのお気楽そうなたたずまいのせいだろうか。

姉のおもとがその侍に声をかけようと思ったのも、そんな侍のふぜいからかもしれなかった。

相撲界にどんな関わりがあるのかは知れないが、腕を組んで壁の番付表を見つめ、時折ふむふむとうなずいている。

ひょっとして、興行の関係者かとおもとには思われた。

「あの、もしやお侍さま……」

けっきょく、ものおじして口もきけずにいる百蔵に代わって、おもとが遠慮がちに侍に声をかけた。

「うむ？」

侍が、おもむろにおもとに振り向いた。

おもとがふと息を呑んだのは、その侍の表情であった。

なんの苦労もないおだやかな顔だが、その眼がやさしそうな笑みをたたえている。

「なんのようだね」

侍は、なんでも訊いてくれとばかりに鷹揚《おうよう》に応じた。

「つかぬことをお尋ねいたしますが……、その、あなたさまは力士の方どなたか、お知りあいがございましょうか……」

いきなり妙な質問をしたものだと、おもとも我ながらあきれたが、侍はそれを奇異にも感じず無邪気に首をひねった。

「そうだな、知らぬわけでもないが……」

おもとと百蔵は、嬉しそうに顔を見あわせた。

だが、侍はまたすぐに番付表に視線をもどした。

「あの、どのようなお方をご存じで」

「そうだな……、明石志賀之助ならよく知っているが」

「ええっ！」

おもとと百蔵は、息を呑んで侍を見かえした。

明石志賀之助といえば、当時の江戸の相撲人気を一人で支えているほどの大力士である。

身長は八尺三寸（約二メートル五〇）、体重は五十貫（約一九〇キロ）あったと記録にあるが、これはおそらく後の世に生まれた伝説であろうか、誇張を割り引いても途方もない巨漢であったことはまちがいない。

今に残る浮世絵も、並の力士の倍くらいの大きさに描かれている。

現在でも相撲技の基とされる四十八手を考案したのも、この志賀之助という。

「まさか、お侍さま。ご冗談でございましょう？」

おもとは、冗談と思って、笑いながら侍を見かえした。

「冗談ではない」

侍はふたたび、おもとに目をもどした。

怒っているふうではない。ただ、なぜ冗談と捉えたのか不思議がっている眼であった。

「でも、なんでお侍さまがあの志賀之助と……」

「そうであったな」

侍は、困ったように後ろ頭を撫でた。

「風来坊の侍が天下の大力士と顔見知りと言っても、誰も信じてもらえぬかもしれぬな」

「むろん、疑っているわけではございませんが……」

「あっしも」

百蔵も姉のおもとと声をそろえた。

「お侍さま？」

「なんだ」

「その、お名前をうかがってもよろしうございますか？」

おもとは、目を輝かせて侍に問いかけた。

「私は、葵徳ノ助《あおいとくのすけ》という。花川戸《はなかわど》の口入れ屋〈放駒《はなれごま》〉で居候《いそうろう》の身だ。貧乏旗本の次男でね。一生冷や飯ぐらいなのだ」

「まあ」

おもとは、百蔵と顔を見あわせ、頬をほころばせた。

居候で貧乏旗本というので、親しみを覚えたらしい。

「ああ、おらも花川戸だ。この間まで、川辺で船大工をやっていた」

百蔵が、ひとの二人分ほどある大顔で語りかけた。

一見ぼんやりした大男だが、さすがに力士志願だけに、口を開ければ言葉もはっきりしていて力強い。

「船大工か。だが、その大きな図体では、念の入る船づくりはさぞ大変であったろうな」

侍は、船についてそれなりの見識があるらしい。

「ああ、力仕事は苦にならなかったが、おいら、船大工の仕事は好きになれねえ。性《しょう》に合わねえんだよ。なんとしても相撲取りになりてえんだ」

「なるほどな」

徳ノ助は百蔵に興味をいだいたか、あらためて百蔵の巨体をぐるりと見まわした。

上背は六尺に近く、五十貫近い体がよく引き締まっている。

まだ二十歳そこそこの若者らしいが、体はすでにできあがっている。

よほどの相撲好きらしく、稽古《けいこ》を重ねてきたらしい。

「天は二物《にぶつ》を与えずというが、その体ならたしかに船大工などより力士のほうが愉快な人生を送れそうだ」

「やっぱり、そう思われるかね、徳ノ助さま」

百蔵は、自分をみとめてもらえてよほど嬉しかったのか、徳ノ助の手をとって固く握りしめた。

「おい、痛いぞ」

侍は、笑いながら顔をゆがめた。

「葵さま、弟は強いんですよ。子供の頃から近所の子と相撲をとって、負けたことがなかったんです」

「ああ、技もたくさん持ってるよ。きっと、いい力士になってみせる」

百蔵は、胸を張ってちょっと突き出た腹をたたいた。

「名は、なんという」

「百蔵だ。姉ちゃんは、おもと」

おもとが、仰ぎ見るように徳ノ助を見かえして、またぺこりと頭を下げた。

「得意技は――」

「うっちゃりだ。近所じゃ、うっちゃりの百蔵って言われている」

「ほう、ならばよほど足腰が強いのだろう」

「ああ。お父っつあんを手伝って、重い船の材を一人で抱えてきた。それはいいんだが、ずっと船大工だったもんだから相撲取りに知り合いがいねえんだよ」

「その……もしよかったら、どなたか紹介していただければ……」

おもとは、どうやら明石志賀之助の話は冗談と思っているらしい。

「今は、なにひとつお礼もできねえが、出世したらきっとお礼をさせてもらうよ」

深々と頭を下げる姉の横で、百蔵も大きな体を縮めるようにして徳ノ助に頼みこんだ。

「そうだな、ならばまず……」

徳ノ助はじっと考えてから、

「いずれ志賀之助が江戸にもどったら紹介するが、あいにく今は巡業に出ている。まずは、以前関取《せきとり》だった人を紹介しよう。口入れ屋の放駒親方という人だが、知っているか」

「たしか、昔そんな力士がいたような……」

百蔵は、記憶を反芻《はんすう》してうなずいた。

「あいにく足の怪我で引退したが、相撲界ではちっとは名の知られた人だったそうだ。知り合いになっておいて損はなかろう」

「ありがてえ、ありがてえな、姉ちゃん」

百蔵が満面の笑みを浮かべて姉の手を取った。

「よかったねえ、百蔵。もういちどお礼を申しあげるんだよ」

おもとが、そう言ってまた弟を促すと、

「礼などいらん。それより、百蔵。今はまだ四股名《しこな》がないであろう」

「まだそんなもん、ねえ」

「よし、その礼の代わりにおれに四股名を付けさせてくれ。いいな」

「相撲界に入れてもらえて、もし出世できたら、ぜんぶ葵さまのお蔭だよ。それくらいの礼はしなくちゃ」

「そうか」

徳ノ助は、腕組みをして首をかしげ、

「百蔵、出身はどこだ」

もういちど、百蔵の丸々と太った大きな顔をうかがった。

「へえ、うちは先祖代々伊豆《いず》の伊東《いとう》だ」

「温泉のあるところだったな」

「でも、生まれたのは奥州《おうしゅう》なんだよ」

「奥州か、さて、伊豆と奥州どっちにするかな」

伊豆の伊東は、幕府がかつて南蛮船を建造させた土地で、徳ノ助にも馴染みのある土地である。

「やっぱり伊東かなあ」

「伊豆は船大工の多い土地だったな」

「へえ。死んだお父っつあんは、幕府の帆船を造ったこともあるって、自慢していた。それにしてもよく知っているんだな」

「ああ、私も帆船は大好きだ。あれを見ていると、風に乗って、どこまでも船旅をつづけられそうな気がする。よし。ならば、伊豆疾風《はやて》ではどうだ。機敏によく動きまわれそうだ」

「いいな、伊豆疾風か。それにとても強そうだよ、なあ、姉ちゃん」

「ありがとうございます。伊豆疾風、とってもいい名です。きっと出世してみせます。そうだね、百蔵」

「ああ、きっとやってみせるよ」

百蔵が、また大きな体を折って、徳ノ助に礼を言うと、上空の烏《からす》が急に騒ぎだした。

大鳥居の方角から、大挙して力士と荒くれ者がやってくる。

二

こちらに向かってくるのは、茶の紋服姿の任俠風の男とその取り巻きの荒くれたちで、背後の力士も人相はあまりよくない。

「おい、あれを見ろ、百蔵。おまえに負けず劣らずの大男がこちらにやってくるぞ。あれも力士であろうな」

徳ノ助がいまいちど男たちに目を凝らすと、中央で風を切る町人風の男はどこかで見たことのある顔である。

「あっ」

徳ノ助は思わず声を出しそうになった。

〈放駒〉と対立する口入れ屋〈五葉松《ごようまつ》〉の万段兵衛《よろずだんべえ》である。徳ノ助はすでに幾度か争っている。

「あいつらだ」

徳ノ助より先に、百蔵が声を発した。

「あいつらとは、どういうことだ」

「しつこく絵図面を売れって、うるせえんだ」

「船の絵図か？」

「お父っつあんの残した絵図面だよ。とはいってもおれも姉ちゃんも、見たこともねえものだ」

「よくわからぬな」

「そんなもん、あるかどうかも知らねえのに、しつこく親父が遺《のこ》したはずだって言いやがる。なにか勘ちがいしてるんじゃねえかと思うんだ」

「話がこみいってわからぬな。その話はゆっくり聞くとして、まずは奴らと折りあいをつけねばならぬようだ」

徳ノ助は、前方からひたひたと迫り来る一行を睨みすえた。

段兵衛はもうとっくに徳ノ助に気づいて、取り巻きの者たちになにかを命じている。すぐ脇に寄り添う男がこっちをちらちら見ながら、段兵衛の耳元でなにかつぶやいている。百蔵の絵図面についてなにか入れ知恵をしているのかもしれなかった。

「これでは、ただでは済みそうもないな。百蔵、喧嘩は得意か」

「まだ、負けたことはねえ」

「ならば、力士はおまえにまかす。やくざ者は長ドスを持っているので、おれにまかせておけ。力士が刀を抜いたら、おれにまかせろ」

「わかったよ」

ひそひそと語りあううちに、段兵衛一家はもう五間ほどの距離まで三人に近づいていた。

「おめえはたしか、放駒の用心棒だったたな」

段兵衛が、徳ノ助に向かって凄んでみせた。

「だったらどうする」

「どうするも、こうするもねえ。ここであったが百年目。この間はよくもひでえ目にあわせてくれたな。たっぷり礼をするぜ」

「はて、なんのことであったかな」

徳ノ助は、上空を舞う鳥を見あげた。

争いの気配を感じて、ギャアギャアと騒ぎはじめたらしい。

「とぼけるんじゃねえぜ。魚河岸《うおがし》の頭領波越伝兵衛《なみこしでんべえ》さんのところに殴りこみをかけやがって。波越伝兵衛の旦那が死んで、おれっちの仕事もずいぶんと減っちまった。おめえら、畳んじめえ」

段兵衛が左右をふりかえり、荒くれどもをけしかけた。

「へえ、でも……」

荒くれ者はちらちら徳ノ助を見ながら、前に踏み出すことができず尻ごみしている。

「どうした、おめえら」

「こいつ、めっぽう腕が立つんで」

荒くれ者の一人が鬢《びん》を掻きながら、段兵衛に謝った。

「情けねえ奴らだ。関取衆、稽古前の座興に、こいつを畳んじまっちゃあくれねえか」

「へい」

関取衆が、一斉に腰の一本刀を抜きはらった。

この当時、関取は士分扱いで、苗字《みょうじ》帯刀《たいとう》を許されている。

それに関取といっても、皆もとは侍、喧嘩する以上、刀を使うものという頭がある。

七人の関取衆が、いっせいに三人を囲んだ。三尺近い大刀が、小刀のように小さく見える。

「図体はでかいが、刀はおもちゃのようだ。体に似あわぬ刀では、怪我をする。土俵に上がれぬ体になるぞ」

徳ノ助が、刀の鯉口《こいぐち》をスッと切ると、力士はおじけづいたか刀を納めて、荒くれ者たちの背後にサッと隠れた。

「だらしのない関取だ。ならば、百蔵、このあたりでちと、いいところを見せてくれぬか」

「ああ、いいさ」

百蔵が、バッと両手にツバを吐き、

「どいつからでもいい、かかってきやがれ」

徳ノ助の前で四股を踏むと、さっと諸肌《もろはだ》を脱いだ。

見まわせば、時ならぬ喧嘩さわぎに、境内は人の輪ができはじめている。

その見物人の間から、百蔵の隆々たる筋骨に、どよめきが起こった。

よく一人稽古をしているのだろう。肩など、陽に焼けて赤銅色《しゃくどういろ》をしている。

ムッとして前に立ちはだかった。

「どいつからかかって来る」

百蔵が一団を嘲笑《あざわら》うように見まわすと、段兵衛の背後にいたひときわ大柄の力士が、ムッとして前に立ちはだかった。

顎の大きく張った鬼瓦《おにがわら》のような顔の力士で、絵に描いたようなゲジゲジ眉である。

「おまえ、四股名は」

その力士が、百蔵に訊いた。

「四股名か」

百蔵は、ふと考えて思い出し、

「伊豆、伊豆疾風という」

胸をたたいた。

雑踏から、どよめきが起こった。

「やっちまえ。伊豆疾風ッ」

群集のあちこちから野次が飛んだ。

「おまえは」

百蔵が訊いた。

「鬼ケ島《おにがしま》だ」

「ほう、なんだか猿蟹合戦《さるかに》のようだな」

横で、徳ノ助が面白そうに口をはさんだ。

「遠慮はいらぬぞ。伊豆疾風、強いところを皆の衆に見せてやれ」

「おお」

百蔵は、すっかり力士らしい顔になり、鬼ケ島を睨みつけている。

ちなみに、四股名はちょうどこの頃始まっている。

それまでの力士は、本名か、明石志賀之助のように、それに準ずる勇ましい武士の名を名乗って土俵に上がっていた。

「伊豆疾風かい。聞かねえな」

鬼ケ島が嘲笑うと、

「おまえが、知らぬだけだ」

群集が、鬼ケ島を嘲笑った。

後で知ったことだが、この鬼ケ島は番付でもかなりいい位置にいる力士であった。

同じ力士どうし、鬼ケ島は睨み合って直観的に百蔵の強さがわかるのだろう。もう尻ごみしはじめている。

「ごたくを並べてねえで、さっさとやっちまえ」

気の短い段兵衛が、苛立って鬼ケ島の尻を蹴った。

鬼ケ島は、それでもなかなか動かない。

「どうした。かかってこい。おまえ、それでも関取かね」

百蔵が、ほとんどどやしつけるように言った。

面子《メンツ》を潰された鬼ケ島は、真っ赤になって玉砂利を蹴って、

「この野郎ッ！」

百蔵に向かって突進してきた。

肉が激しく打ち合う重い音がして両者がっぷり組み合った。

百蔵は鬼ケ島を真正面からがっしり受けとめるや、一歩も退かずに素早く上手《うわて》をとってそのまま押していく。

鬼ケ島の体勢がわずかに崩れたところで、上手《うわて》投げを打った。

鬼ケ島の巨体がふわりと浮いて大きく傾き、玉砂利の上にもんどりうって投げ飛ばされた。

一瞬の静寂の後、群集の間から大きなどよめきと喝采《かっさい》が起こった。

あまりの強さに、あっけにとられている。

「次は、どいつだ」

百蔵はバシバシと手をたたき、残った力士を見まわした。

「おれが相手になる」

やや小兵《こひょう》だが、よく引き締まった体軀の男が、叫ぶなりツツッと前に出た。

「どこからでも、かかってきやがれ」

百蔵がそう言い放つより早く、小兵の力士は低い体勢から突進していくと、百蔵の顎に手をあて、グイグイと押していく。

喉輪《のどわ》で面くらった百蔵は、それでもグイと踏み止まり、喉輪を振り切るとグイと前に踏み出し、うっちゃりで後方に投げ飛ばした。

男は肩から玉砂利につっこんで、へしゃげたような態勢に延びてしまった。

「いよっ、うっちゃり名人ッ！」

群集の間から声が飛んだ。

まだ年若い力士が、堂々たる力業《ちからわざ》を見せたので、群集はすっかり感動している。

「うっちゃり小僧ッ！」

別のところから声がかかる。百蔵のことを知っている花川戸の者らしい。

「野郎ッ！」

三人めは、百蔵と同じほどの巨体で、ガチンと肩から体当たりすると、すばやく前まわしを取り、体を沈めて百蔵の脚を取りに出た。

だが、男が優勢だったのはそこまでで、百蔵は相手の喉を肘で押しつけ、体を離すと、相手の前まわしを切り、そのまま腰を取って抱えあげ、どうとばかりに投げ飛ばした。

群集は、百蔵の怪力ぶりに呆気《あっけ》にとられている。

「次は誰だい!」

百蔵が声をかけたが、残った力士はすっかり怖《お》じ気《け》づき、段兵衛の背後に姿を隠した。

それが体が大きいだけに隠れたことにもならず、情けない姿となっている。群集の間から嘲笑《ちょうしょう》が巻き起こった。

「おっ、憶えていやがれ!」

段兵衛は徳ノ助と百蔵を交互に睨みつけると、小袖の裾をはしょりあげ、子分もかえりみず一目散に逃げ去っていった。

三

「あら、ひょっとしてそこにいるの、徳さんじゃないの」

それから四半刻（三十分）後、百蔵、おもとを伴い、富岡八幡宮脇の茶店〈駿河屋《するがや》〉に足を踏み入れた徳ノ助を、呼び止める女がいる。

見かえせば、白波《しらなみ》の稼業からすっかり足を洗って三味線《しゃみせん》の師匠となっているお京《きょう》と、その弟子で魚の卸商相模屋久兵衛《さがみやきゅうべえ》である。

三味線の腕はそこそこだが、誰もが振りかえる江戸前の粋な女ぶりを看板に、徳ノ助が居候する口入れ屋〈放駒〉のすぐ裏の長屋で弟子をとっている。

相模屋久兵衛は、魚河岸を乗っ取ろうとした波越伝兵衛の企みを徳ノ助のはたらきで阻止できた恩義から、棒手振《ぼてふ》りの魚屋一心太助《いっしんたすけ》を通じてたびたび徳ノ助に魚を届けてくれている。

この二人が揃って茶店でくつろいでいるところをみると、お京の稼業もだいぶ板についてきたらしい。

相模屋は、丁寧に徳ノ助と挨拶をかわし、

「今日は、どちらまで」

と、愛想のいい笑みを向けた。

「富岡八幡宮まで、足を延ばしたところです。勧進相撲の小屋掛けが始まっているようだ」

「ああ、それで」

お京が、徳ノ助の隣でぼんやりたたずんでいる姉弟を、明るい顔で見やった。

店の入り口がなかば巨体で埋まっている。

「この二人とは、相撲小屋の前で出会ったのだよ。この若者は、力士志願だ」

徳ノ助が二人に百蔵を紹介すると、

「ほう」

相模屋が目を輝かせて、百蔵をぐるりと見まわした。

相模屋も、なかなかの相撲好きらしい。

「いやァ、相撲取りってのは、近くで見ればやっぱりすごい体だねえ。並の人の三倍はありそうだよ」

久兵衛は百蔵の肩から腕まで撫でまわして言った。

「三倍、大袈裟ですよ、相模屋さん」

お京は、苦笑いして久兵衛の肩に手を添えた。

「それにしても、いい体をしている」

すっかり百蔵に感心している。

「で、あんたは」

おもとに声をかけた。

「姉です」

おもとは、人馴れしていないのかうつむいている。

「これまで、おらは船大工だった」

百蔵が、姉に代わって言った。

「へえ、船大工ねえ」

お京と相模屋は顔を見あわせた。

力士のような巨体の百蔵が、船大工と聞いて意外だったらしい。

「百蔵が力士になりたいと言うのでね、ひとまず放駒の親方に紹介してやろうと思ったのだ」

徳ノ助はそう言って、隣の空いた席に二人を座らせた。

「あんた、四股名はなんというの?」

お京が、百蔵に微笑みかけた。

「あ、あの……」

百蔵が言いよどんだ。

さっきもらった四股名が口から突いて出ない。

「伊豆疾風だったろう。これからずっとこの四股名でいくんだ。しっかり覚えておかなくちゃね」

徳ノ助が、もういちど念を押すと、

「いやァ、強そうな名前です、ごっつおうさんです」

百蔵が、頭を掻いてくすぐったそうに頭を下げた。

「お強いんでしょうね」

相模屋が、力こぶをつくるように腕を曲げて二の腕をたたいた。

「相模屋さん、そりゃァ、強いよ。うっちゃりが強い。うっちゃり小僧だなんて野次が飛んでいた」

徳ノ助が、くだけた調子で返事をかえした。

「さようですか」

相模屋もにこにこしながら、いい調子で相槌を打った。

「たまたま境内で喧嘩を売られたんだが、三人の力士を軽々と投げ飛ばしましたよ」

「え、喧嘩を」

相模屋は、驚いてお京と顔を見あわせた。

「なに、まるで相手にもならなかったよ。こりゃ、いずれ大関まで昇りつめるね。逸材と見た」

徳ノ助が、にこにこ百蔵の肩をたたくと、

「ほんとうかい、徳さん。だけど、相撲の世界も甘かないよ。贔屓《ひいき》の引き倒しにならないよう、厳しく見てあげなよ」

お京は、あいかわらず徳ノ助をどこか気のいい旗本の次男坊と見ているようである。

そろそろ読者のために種明かしをすれば、この葵徳ノ助の正体、じつは三代将軍徳《とく》川《がわ》家光《いえみつ》その人であった。

家光はこれまでも時折思いついたようにお忍びで城下を徘徊《はいかい》していたが、

——天下人たる余は、世間を知らなさすぎた。見聞を広めるべく、江戸の町に出ることにした。

と宣言、今は一騎駈けで秋刀魚《さんま》を食べにいった先の目黒《めぐろ》で知り合った口入れ屋放駒助五郎《すけごろう》のところに居候をきめこんでいる。

だが、それを知っているのは、放駒の助五郎夫婦ほか、わずか数人にすぎない。

「腹が減っていそうだな」

家光はお京と相模屋の隣に腰を下ろし、二人の姉弟のために茶と蒸し饅頭《まんじゅう》を注文した。


「ひと暴れしたので、腹が空いただろう」

家光が百蔵に聞いた。

「ああ、ちっとばかり」

百蔵はボリボリと頭を掻いた。

「その体だ、一つや二つじゃすむまい。好きなだけ食べたらいい」

「いいんですか」

「むろんだ」

家光は、お京と顔を見あわせて笑った。

店の客も、ちらちらと百蔵を見ている。

「船大工って、船を専門に造る大工さんだろう」

お京が百蔵を見た。

「そうだ」

「それにしても、大工から関取になるなんて、ずいぶん思い切ったことをしたもんだな」

相模屋がたたみかけるように尋ねた。

「といっても、おらはお父っつあんが受けてきた仕事を手伝ってただけだ。船大工の仕事が嫌いで、嫌いで」

「そうなんです」

おもとは、困ったように弟を見あげた。

「お父っつあんは、相撲取りなんて絶対認めなかったんですが、もう死んじまったから……」

ちょっと悲しげに、百蔵が顔を伏せた。

「お父っつあんは、百蔵さんのように大きかったのかい」

相模屋がまた訊いた。

「いいや、ふつうだったよ」

「なんの病で亡くなったんだい」

相模屋が、おもとに訊ねた。

「いや、大きい人なら心の臓の病かなと思ったんだが」

「それが、酔って川にはまってしまったんです」

おもとがうつむいたまま言った。

「川に……?」

家光が、ちょっと気になっておもとに訊くと、百蔵が答えた。

「ああ、行方不明になってから二日ほどして、水死体が隅田川にあがったんだ。役人の話じゃ、酔って川に落ちたんだろうって」

「ほう」

家光は、お京と目を見あわせた。

「でも、妙なんだ。お父っつあんは酒に強い方で、酔っぱらって川に落ちるなんて、ちょっと考えられねえ」

「さっき、あの段兵衛一家の者が、絵図面を出せとしきりに親父どのに迫ってきたと言っていたな」

「はい」

おもとが、眉を曇らせた。

相模屋とお京が目を見あわせている。百蔵の父の死に、段兵衛が関わっているかもしれないと、勘をはたらかせたらしい。

「その絵図面というのは、お父上の描いたものなのかい?」

家光がおもとに訊いた。

「さあ、それもわからないんです。あたしたちは一度だって見たこともないものなので」

「それは妙な話だな」

家光は腕を組んだまま、首をひねった。

「徳ノ助さまは、お父っつあんの死が……」

そこまで言って、おもとは口をつぐんだ。

「その線も正直、なくはないだろうね。名うての悪党万段兵衛が、たびたび絵図面がないかと迫ってきたのだからね」

「ええ……」

「とまれ、その絵図面が凶事を呼んだと考えた方がいいようだ。また奴らがやってくるかもしれない。二人もじゅうぶん気をつけた方がいいな」

「ええ」

おもとは暗い眼差しで家光を見かえし、うなずいた。

「百蔵も力じゃ負けまいが、段兵衛の手先には浪人者もいる。刀を振りまわされたら、丸腰の力士は分《ぶ》がわるい」

「徳さん、それならいっそ、うちの長屋に引っ越してきてもらったらどうだい」

お京が、いきなり手を打って百蔵に言いかけた。

「放駒からも近いし、親方に相撲の世界のことをあれこれ聞けるよ。船大工をやめたのなら、当分仕事はないんだろう。力仕事はお手のものだろうから、口入れ屋の仕事を手伝ったらいい」

「親方にこれから紹介するつもりだ」

徳ノ助が言った。

「それはいいねえ。皆で護ってあげなきゃ」

「あたしも応援するよ。魚の荷下ろしなど、百蔵さんに手伝ってもらったら、はかがいく」

「すみません。どうぞよろしく」

おもとが相模屋にペコリと頭を下げると、相模屋が後援者気取りで百蔵の肩をたたいた。

「とにかく、気に入ったよ。関取の後援者の第一号になろうかね。うちには若い衆が大勢いる。皆にも応援させるよ」

　相模屋がポンと胸をたたいてうけあうと、

「おやまあ、よかったね。百蔵さん」

　お京が、百蔵の膝をたたいた。

　相模屋は魚の仲買として手広く店を構えているし、顔も広い。その相模屋が後ろ楯となってくれれば、たしかに心強い。

「どうだね。徳ノ助さんもご一緒に、うちにご招待したい。これからつきあってもらえまいか」

　相模屋は、すっかりその気になっている。興が乗ったらとまらない質《たち》らしい。

「いえね、うちは日本橋《にほんばし》の本小田原《ほんおだわら》というところで、船で行けばすぐですよ。ちょうど佃島《つくだじま》からもどってきた船を、すぐそこの船着場で待たしている」

　魚の仲買い商だけに、相模屋は荷船をたくさん持っているらしい。

　ことわる理由もなく家光は申し出を受けた。

　五人そろって店を出て、隅田川右岸から相模屋の荷船に乗れば、潮の匂い、魚の臭いが鼻をくすぐる。

海風は強いが、空は晴れわたり、気持ちのよい船遊びとなる。

岸を離れると、河口付近に、巨大な安宅船《あたけぶね》が目に入ってきた。

「ありゃ、まるで砦だ」

百蔵が目を輝かせた。

家光が、船手《ふなて》奉行《ぶぎよう》向井《むかい》将監《しょうげん》忠勝《ただかつ》に命じて造らせた二千石を越える大安宅船〈天下《てんか》丸《まる》〉である。

「たしかに、すごい船だね、徳さん」

お京が、風にあおられる後ろ髪を手で押さえて、家光に言った。

「あれは、幕府の戦さ船だろう」

家光は、そらとぼけた。

「ありゃ、大安宅船だ。だが、昔のそれとはちがって、船底に龍骨《りゆうこつ》が通してある」

百蔵が、ちょっと誇らしげに家光に言った。

「ほう、詳しいんだね」

「これでも船大工だ。そのくらいのことは知ってるよ、徳ノ助さん」

「そうだった、百蔵は、船大工だったんだね」

「ああ、船のことはたいがいのことは知ってる。龍の骨が通っているんで、走りは安定しているし、船足も速くなる」

「さあ、こちらへ」

相模屋が、四人を荷船の船室へと案内した。

天井の低い船室で、皆が頭を屈めて奥にすすめば、すぐに行きどまりとなる。五人は積荷の間で背を丸めて座った。

家光は、なんだか酒を飲むより先に酔いそうな気分になってくる。

「狭いところで勘弁してくださいな」

相模屋はそう言って、船子《ふなこ》を呼びつけ、酒と肴を用意させた。

相模屋はふたたび百蔵を見かえしてから、

「ところで、船大工といやぁ、うちも、こんな具合で船に縁のある仕事だ。なんというお人なんだい。あんたのそのお父っつあん」

興味深げにおもとに問いかけた。

若い娘と話すことが好きなのだろう、相模屋の顔が心持ちほころんでいる。

「伝蔵《でんぞう》っていうんです」

「えっ」

相模屋は、驚いておもとを見かえした。

「そうかい。百蔵さんは、あの伝蔵さんのところの息子さんだったのかい」

こんどは百蔵が、驚いて相模屋を見かえした。

相模屋は、なぜか百蔵の父伝蔵のことをよく知っているらしい。

「こりゃ、驚いた。この人のお父っつあんはね、船造りの名人さ。うちが魚を仕入れる網元《あみもと》さんの船は、ほとんど伝蔵さんが図面を引いたらしい」

「それは奇遇ですね、相模屋さん」

お京が、相模屋と百蔵、おもと姉弟《きょうだい》を見比べた。

「伝蔵さんが図面を引いた船は、どれも足が速くてね。うちが活きのいい魚を仕入れて商売がうまくいってるのは、伝蔵さんのお蔭といってもいい」

「まあ、そんな」

おもとが、照れたように笑って相模屋を見かえした。

「ならば、一心太助の魚が活きのいいのも、元をただせば、伝蔵さんのおかげだということになるな」

家光が愉快そうに話をつなげた。

お京と同じ長屋の住人で棒手振りの魚屋一心太助とは、家光は秋刀魚がとりもつ縁で親しくしている。

知り合ったとき、身分を隠し、思いつきで太助の親分大久保彦左衛門《おおくぼひこざえもん》の甥《おい》と名乗ってしまったのが転じて、以来彦左衛門も交えて親密なつきあいをつづけている。

数日前も、お京のところで太助が持ち帰った残りものの秋刀魚をお京に焼いてもらい一杯やったばかりなのである。

「あの秋刀魚も、伝蔵さんの龍の骨のおかげだったとは知らなかったぞ」

家光は百蔵を見かえし、カラカラと笑った。

「だけど、どうしてそんなに速くなるんだい」

龍の骨といってもピンとこないらしく、お京が首を傾《かし》げておもとに訊ねた。

「難しいことはあたしにもわからないんですが、それを船に通すと船の造りがちがってくるらしいのです」

「へぇ、船に龍の骨ねえ」

お京は、わかったようなわからない顔をして家光を見かえした。

家光は、龍の骨についておよそのことは知っている。

この年、船手奉行向井将監に命じて造らせ、落成のはこびとなった幕府の巨大な大安宅船にもこの技術は採り入れられている。龍骨とは、船底を縦に貫く一本の太い背骨のようなもので、南蛮船と和船を分ける大きなちがいとなっている。家光の大安宅船の最大の特徴もこの龍骨なのである。これによって船の強度が上がり、船底が鋭角になって推進力が増す。南蛮帆船にとっては必須の技術である。

また龍骨は、船の強度や速度を上げるだけではなく、楔《くさび》型の鋭角的な船底と、その構造が生み出す荒波を乗りきる復元力を生み出す。また、舳先《へさき》にかかる海水の抵抗が最小限になるため、推進力も高くなるのである。

家光は、古来からある日本独特の大船にも、南蛮船の速さと機動力をぜひとも採り入れたいと思って、この龍の骨を採用させた。

「じゃあ、龍骨の通っていない安宅船はいいところないのかい」

「いや、そんなことはない。まず大きな船が造れるのだ」

家光がお京に説いて聞かせた。

安宅船はその巨大さゆえ、軍船であると同時に海上の砦ともなっており、戦国大名がこぞって造船したものである。

織田信長《おだのぶなが》は毛利《もうり》軍との船戦さのために、鉄板を張りめぐらせた長さ三十間《けん》（約五四メートル）もの「鉄の安宅船」を完成させ、大坂湾に浮かべて本願寺《ほんがんじ》勢に物資を届ける毛利勢の大艦隊を散々に苦しめた。

さらに信長の後継者豊臣秀吉《とよとみひでよし》は、朝鮮の役《えき》での海戦に備えて、さらにこれを上まわる大型船〈日本丸〉を建造させ、実戦に配備、敵地で窮地に陥った日本水軍を救っている。

船底が広く、波の抵抗が大きいため、船足は遅いものの、防御用の海の砦としてはじつに逞しいのである。

戦国の世が去り、戦さの無くなった太平の世の軍船として、家光は江戸湾を警護するための出城として大安宅船はそれなりに役に立つと判断したのである。

船手奉行向井将監は、従来からあるこの和船に、英国人水先案内人三浦按針《みうらあんじん》（ウィリアム・アダムズ）から外洋航行のための造船技術を採り入れ、改良を加えさせたものであった。

つまり、家光が目指した大安宅船はこれまでの伝統的な安宅船とはちがい、南蛮船と明国《みんこく》のガラン船の技を採り入れたものだったのである。

そのため、他の安宅船とちがって外洋の荒波を乗り越える能力も備わっており、船足も他の安宅船と比べて速い。

「おらあ、なにも知らねえもんだから、どんな船にも龍の骨が通してあるのかと思ってたよ」

「そうじゃないんだよ」

相模屋が言った。

「たとえば、この船には残念ながら龍骨は使ってない。ずいぶんと遅いだろう」

「なるほどな。お父っつあんの船がそんな変わり種だったとは知らなかったよ」

「なんでも、父の造る船は独特で、その龍骨を荷船にも通したという話です」

おもとが、家光に向かってちょっと誇らしげに言った。

「あの大船の技術が、漁船や荷船にも採り入れられたか。ならば、和船との競争では負けないであろうな」

「徳ノ助さまは、お詳しいですね」

おもとが、目を丸くして家光を見かえした。

「それにしても、段兵衛の手の者がその外洋船の絵図面を狙っているとは、由々《ゆゆ》しきことだ」

家光はあらためて、容易ならぬことになったと唇をゆがめた。

段兵衛の背後に紀州《きしゅう》公徳川頼宣《とくがわよりのぶ》の影がちらつくからである。

船は隅田川を北上し、やがて日本橋川に分け入っていく。

「話がなんだか難しいところに行ってしまったな。船の話はこれくらいにしておこう。

それより、気になるのが絵図面の話だ。なにゆえ万段兵衛がそれほど絵図面を欲しがっているのかだ」

「とにかく、絵図面があるはずだ、見せろの一点張りで。それでも初めのうちは、新型船を造りたいお方がいて、譲ってほしいとおだやかでしたが、しだいに言うことを聞かないとただじゃすまないぞ、と凄むようになったんです」

おもとは恐ろしい体験を反芻《はんすう》して、肩をすぼめた。

「それでも、伝蔵さんはそんなものはないと拒みつづけていたのだね」

相模屋が念を押した
「ええ」

おもとは父が殺されたという思いを強めたのか、顔を伏せ涙ぐんだ。

「きっと、どんどん追いつめたあげく、勢い余って殺してしまったのだろうね」

「これ、お京」

家光が諫めると、お京が、慌てて口をおさえた。

「いいんです。徳ノ助さん。お父っつあんは、殺されたにちがいありません」

「亡くなった時のこと、くわしく聞かせてくれないか」

相模屋が、茶碗の酒を置いておもとをうかがった。

「それが、小名木川《おなぎがわ》に嵌《は》まって土左衛門《どざえもん》になってたんです。飲んだ帰りだったんですが、もともと父はお酒は強かったし、それにいくら夜道だったからって、川に嵌まるはずもありません」

おもとは、悔しそうに唇を嚙んだ。

「その絵図面は、見たことがないと言ったね」

家光が訊いた。

「ああ、そんなもの、一度だって見たこともねえよ。それに、お父っつあんを殺されるくらいならとっくに渡していたさ」

「つかぬことを訊ねるが、お父上は奥州でも船大工だったのだな」

家光がいまいちど百蔵に訊ねた。

「さあ、おれも生まれたばかりの頃だし、姉ちゃんも小さかった。よくわからねえよ……」

「あたしも詳しくは聞いてないのですが、ずっと昔から船大工をしていたようです」

姉のおもとが弟の百蔵の言葉を補った。

「ふうん」

家光が顎を撫でた。

「やはり、百蔵のお父上は、伊東の造船所でおぼえた技で彼《か》の地でも帆船を造っていたのだろうな」

「そのようでございますな」

相模屋も、得心してうなずいた。

「私も貧乏旗本の幕臣だが、伊東の造船所のことは話に聞いている。あそこは英国人の水先案内人ウィリアム・アダムズ、つまり三浦按針が領地としていたところだ。幕府はそこで、その異人に南蛮の帆船を造らせていた。その船は、立派にメキシコまで行っているよ。その技術を高く買って、伊達《だて》殿が、イスパニアまで使節を送るため大型帆船を造らせた。幕府も手を貸したという話だ」

「なるほど。じゃあ、その絵図面って」

「ああ、イスパニアまで行ったサン・ファン・バウティスタ号のことかもしれないな」

家光は、推理の糸をたどり終えると、茶碗の酒を取った。

「葵さま、これはひょっとして大変な話になるかもしれません」

相模屋が、ちょっと暗い目をして言った。

「つまり、なにか大きな陰謀が潜んでいると思えるのですよ」

「陰謀って、なんなのです……？」

お京が、不安げに相模屋を見かえした。

相模屋はちょっと言い澱んでから、

「紀州の頼宣様なれば、やりそうなことですよ」

家光はふむふむとうなずいている。

家光は、魚河岸を牛耳《ぎゅうじ》っていた波越伝兵衛が、紀州南龍公《なんりゅうこう》徳川頼宣の麾下《きか》、幕府を転覆させる企みを抱いていたことを知っている。その折も、波越伝兵衛の急先鋒として使われていたのが万段兵衛であった。

「紀州の殿様が……」

おもとが、不安な眼差しを家光に向けた。

「サン・ファン・バウティスタ号か」

家光は遠い海の彼の国へと船出していった帆船の雄姿を思い描いた。

「さて、その絵図面だが。親爺殿はどうして手に入れたのであろう」

「さっぱりわかりません」

おもとが、急ごしらえの漁師料理に舌鼓を打つ百蔵と目を見あわせた。

「伊達さまといやぁ、戦国の昔には奥州の覇者と呼ばれて、たいそうな羽振りだった

「そうだね」

お京が、遠い目になって言う。

「そうだ、将軍家も伊達を畏れて、鬼門《きもん》の方角に北の護りとして日光東照宮《にっこうとうしょうぐう》を建てたという。そりゃ、強いお大名だよ」

相模屋が語気を強めた。

「イスパニアにまで渡ったあの帆船サン・ファン・バウティスタ号は〈伊達の黒船〉と呼ばれていた。なにせ、天正《てんしょう》の頃、四人の少年使節が南蛮に渡って以来の大航海をやり遂げた船なのである。しかもこの国で建造したものだ」

家光は腕を組み、唇を歪めた。

「どうやら南海の龍殿は、大それたことを考えているようだな。いまいちど、あの図面を手に入れて、大船を造るつもりらしい」

「どうせ、雲の上の人たちの喧嘩だよ。あたしら下々《しもじも》のもんには、あんまり関係のないことさ」

お京が不安顔のおもとをなだめるように言った。

「そうとはかぎらぬぞ、お京。戦さとは恐ろしいものだ。家は焼かれる。女は浚《さら》われる。金目の物はねこそぎ奪われる。それに、もし大船で海から攻めてくるのなら、海から大砲を撃ちこまれる。江戸の町はめちゃめちゃになる」

家光は、あえて言葉を飾らずに言った。

「そんなことになるのかい。そりゃ、大変だ。おもとさん、その図面、ぜったいに譲っちゃだめだよ。あたしたち、江戸に住めなくなるかもしれないんだから」

お京が、突然青い顔をしておもとの手をとった。

「そんなこと言ったって。あたしたち、その絵図面がどこにあるかだって知らないですよ」

おもとが困ったように言った。

それを、家光がうなずきながら見ている。

「でも、いまひとつわからないよ。紀州様は今の将軍の家光さまの叔父上にあたるお方だろう。まさか甥っ子に戦さを仕掛けるつもりなのかね」

お京が家光に語りかけた。

「まったく、困ったお人だよ」

船は日本橋川深く分け入り、日本橋小田原町《おだわらちょう》の岸辺に横づけされた。

「さあ、気になる話はひとまず忘れて、今宵は皆さんを迎えて歓迎会だ。賑やかにいきましょうや」

相模屋が立ちあがり、一人一人を船室から外へ送り出した。

いつの間にか、陽は西に傾き、西空は茜色に染まっている。おもと、百蔵の姉弟《きようだい》は、絵図面をめぐる熾烈な争いの只中にあるらしい。家光は二人を紀州公の魔手からなんとしても守ってやらねばと思うのであった。

四

相模屋で手厚い歓迎を受け、家光が百蔵、おもとを引きつれ、相模屋が用意してくれた駕籠《かご》で花川戸の〈放駒〉にもどったのは、その夜も五つ（十時）をまわってからであった。

「そうかい、そうかい。力士になりてえってかい」

目を輝かせて放駒助五郎は百蔵を招き入れると、ひとあたりその巨体を見まわし、

「鍛えがいがありそうないい体だ」

目を細めて百蔵を褒めたたえた。

「仕事場をたたんだったら、二人してここに住みこむといい」

助五郎は女房のお角《すみ》に有無も言わせず、家に招き入れることを決めた。

家光の意を汲んでというより、後進を育てる機会ができたことを、助五郎は心から喜んでいるようである。

それから数日が瞬く間に過ぎ、家光の二階の部屋のすぐ隣に二人が越してくると、放駒の雰囲気もいちだんと活気のあるものに変わっていった。

おもとはお角の手伝いとして台所に立ち、店の者たちの賄《まかな》いをするようになると、お角も手が空いて、町に出る機会も増えてくる。

百蔵は店で手に余っていた力仕事を手伝いはじめ、店のなかがだいぶ片づきはじめた。

「あの二人に来てもらったんで、あたしは大助かりだよ」

お角は好きな芝居をちょくちょく覗くようになったという。

二人が放駒に住みこんでさらに半月ほど経って、家光と放駒の立ちあいのもと、百蔵が明石志賀之助に引き合わされ、花川戸の土手で簡単な力量の検分が行われた。

一門の幕下力士を相手に数番とり、百蔵が圧勝するや、他にめぼしい力士もおらず、いよいよ志賀之助へのぶつかり稽古が始まる。

もちろん、志賀之助が相手では勝負になるはずもないが、志賀之助は軽々と百蔵をあしらいながらも、見るべきところはしっかり見ているらしく、終始うなずき笑顔を浮かべていた。

やがて検分が終わり、〈放駒〉にもどると、

――伊豆疾風は大関まで登りつめる器、
と多少の景気づけもあって志賀之助が大言し、百蔵は晴れて入門が認められた。

志賀之助は江戸以外にも、京、大坂をはじめ、西国長崎《ながさき》まで巡業の足を伸ばしているので、百蔵も巡業についてまわることになった。

百蔵は諸国を巡回できるというだけで、胸を躍らせた。

その後、百蔵の入門を祝い〈放駒〉の奥座敷で盛大な宴会が催されることとなった。

一心太助が天下の大力士に食べさせようと、とびきり新鮮な魚を選《よ》りすぐって担いでくると、それでお角とおもとが海鮮鍋をつくる。

それに、力士たちが無言で食らいついた。

「これは旨いのう！」

いつも大鍋料理を食べ慣れているはずの志賀之助までが、目を瞠《みは》って唸った。

間近に見る志賀之助は、やはり圧倒されるほど大きい。

七尺近い上背、隆々たる筋骨、そのひき締まった体で五十貫はあるというのだから、他の力士などよほどのことがないかぎり太刀打ちできようはずもないと思われた。

家光は、久しぶりに見る志賀之助の屈託ない笑い顔を目を細めて見た。

この席に、紅一点珍しい客が加わっている。

女ながら浅草の裏町に剣術道場を開き、助五郎の口入れ屋からも仕事を受けている女剣豪丸目亜紀《まるめあき》であった。

新陰流《しんかげりゅう》流祖上泉信綱《かみいずみのぶつな》をして、

――東の柳生石舟斎《やぎゅうせきしゅうさい》と、西の丸目蔵人《くらんど》。

と言わしめた希代《きたい》の大剣豪の孫娘である。

亜紀は家光の主催する御前試合に出場し、同席の花田虎ノ助《はなだとらのすけ》に惜しくも敗《やぶ》れたが、腕はほぼ互角といっていい。

亜紀をこの席に呼んだのは、家光であった。

万段兵衛一味に目をつけられている百蔵を警護するには、適任と考えたからであった。亜紀なら、男装をすれば一見青年剣士のようにしか見えない。

細身の体ゆえ人目にもつきにくく、しかも剣の腕は折り紙つきである。

百蔵もおもとも、笑顔で引き受けてくれた警護役の女剣士に目を白黒させていたが、御前試合で好成績を上げたと聞き、ふたたび驚いて亜紀を見かえした。

「この人は強いよ。富岡八幡宮で出会った荒くれ者など、とてもじゃないが足元にも及ばない。それに南町奉行所の加賀爪忠澄《かがつめただすみ》様とは昵懇《じっこん》の間柄だ。困ったことが起こったら、奉行にも話がつく」

そう家光が伝えると、

「よろしくお頼み申します」

と、百蔵が大きな体をたたんで頭を下げた。

「徳之助さんて、顔が広いんですね」

おもとが、家光の配慮に感心していると、

「この人は特別だよ」

放駒助五郎が、明石志賀之助と目を見あわせて言った。

皆、あまりの鍋の旨さにふたたび黙々と箸を運ぶ。

はじめは遠慮がちだった百蔵も、大丼《どんぶり》で三杯めのおかわりを出した。

「大食いなところだけは、すでにもう大関並だな。どうであろうな、志賀之助殿。この百蔵、いや、伊豆疾風、見こみがあろうかの」

家光は、あらためて百蔵の将来について訊ねた。

「じゅうぶんでござる。贅肉が付き、まだまだたるんだ体つきながら、なに、稽古を重ねれば、ずっと引き締まって参りましょう。一門をあげて、立派な力士に仕立て上げるつもり、ご安心くだされ」

志賀之助の門弟たちも、箸を休めてうなずいた。

百蔵が家光の肝入りであることを、承知しているらしい。

「それは心強い。紀州の南龍公も相撲好きでな。なにかと競ってきそうだ。負けぬように鍛えてやってくれ」

家光が一同を見まわして目を細めた。

一同すっかりかしこまり、箸を止めてうなずいた。

「南龍公といえば、京、大坂で人気の仁王仁太夫《におうじんたゆう》の後ろ楯となっておられますな」

志賀之助が、真顔になって言った。

仁太夫は、志賀之助と好勝負をつづけているもう一方の大力士である。

「そうか。されば競ってこような。仁太夫とは勝負したことはあるのか」

「たびたび」

志賀之助は、こともなげに応えた。

志賀之助が朝廷から〈日下開山《ひのしたかいざん》〉の称号を頂戴すると、ほどなく仁太夫も同じものを贈られたという。

「で、どちらが強い」

「はて。勝ったり、負けたりで、ほぼ互角でございましょうか」

志賀之助が、ちょっとバツがわるそうに後ろ首を撫でた。

大男が、首をすくめる姿は面白い。

「なんだ、圧倒してしまえ」

放駒が、志賀之助を叱りつけると、

「無茶を言われる。相撲界は強者《つわもの》ぞろい。幕内ともなると、力にさしたる差はござらぬ。ただ……」

「ただ、なんだ」

家光が訊いた。

「仁太夫めは、汚い手ばかりを使う」

志賀之助が、思い出したように顔を紅らめた。

「汚い手だと？」

今度は放駒が問いかけた。

「張手《はりて》や喉輪《のどわ》、けたぐりなどだ。金蹴《きんけ》りもする」

三つは、相撲の手で荒技だが認められている。だが、金蹴りは明らかに禁じ手だ。

「金蹴りか」

家光と助五郎とが顔を見あわせた。

「隙を見て、膝頭でおれの股間を蹴りつけてくる」

志賀之助が思わず股間を手で抑えると、亜紀とおもとが困ったように顔を伏せる。

「後ろ楯が紀州公ということで、親方衆も見て見ぬふり。勝負に手段を選ばぬ奴だよ、あ奴は」

志賀之助が愚痴《ぐち》るように言った。

「ううむ、小癪《こしゃく》な奴だ」

助五郎が唸った。

志賀之助が、巨体を揺すりながら思い出したように怒りだした。

「さて、伊豆疾風だ。初土俵の場所では、頼宣公は強豪をぶつけてこよう。そ奴も、汚い手を使うかもしれぬな。伊豆疾風、覚悟しておけよ」

助五郎が一言注意をすると、

「なんの。おらあ、そんなことにゃまけねえよ」

平然として料理をパクついている。

「頼もしい奴だな、おぬしは」

家光は、伊豆疾風の肩をパンとたたいてから、

「して、相手はどんな奴になるかの」

　志賀之助に話を向けた。

「京、大坂では、南蛮諸国から帰国した浪人者が、続々と角界に入りこんでおります。まだ名もない奴で、手強い者は大勢おりましょう」

　しばらく上方《かみがた》で修行していただけに、西の角界の動きにも詳しいらしい。

　相撲界に武士が流れこんでくるのには、鎖国政策もある。国を追われて、海外に活路を開いた浪人が、国を閉ざされる前に帰国しているのである。そうした浪人のなかで体に自信のある者が相撲界に打って出ている。

　家光は複雑な思いであった。

「そうした主家を失った浪人どもに、仕官先を早く見つくろわねばと思うが、幕府はままならぬようだ」

　そう家光が重苦しい吐息とともに言った。

「太平の世、諸藩とて新たに浪人を召し抱えることはどこでも難しいことでございましょう」

　丸目亜紀が眉をひそめた。浪人同様の生活を送る亜紀には他人ごととも思えないらしい。

それに比べて、町は活気にあふれている。町人の勢いはますます増している。

「浪人どもは、町人になればよいのだ」

町奴の助五郎は、町人の意気を誇りに思っている。

だが、頭の先から足の先まで武士の誇りに凝り固まった男たちが町人として生きていくことは難しいだろうと家光は思った。

第二章　砦《とりで》か船か

一

「でけえ船だな。こりゃ、まるで城だよ」

一心太助が、家光の隣で大きな声をあげた。

家光が、皆を船遊びに招待するため借りあげた屋形船のなかになじみの顔ぶれが揃っていた。

〈放駒〉の居候として、はや三月《みつき》。助五郎夫妻にはすっかり世話になってしまっているうえ、お京や一心太助、花田虎ノ助、丸目亜紀に、これといった礼もできぬまま、よくしてもらっている。

そんな気持ちから、家光は百蔵の明石一門への入門が許されたことを記念して、この船を借り切り、今江戸で話題もちきりの大安宅船〈天下丸〉を見せてやろうと思ったのである。

この日、屋形船に集まったのは、放駒の助五郎お角夫婦、倅の小四郎《こしろう》、さらに裏長屋のお京、花田虎ノ助、おもとと百蔵姉弟《きょうだい》、後から早々に露店をたたんで駈けつけた香具師《やし》の三人組と棒手振りの一心太助で、それにもう一人女剣豪の丸目亜紀が加わっている。

これだけの大所帯が、いっせいに大安宅船の見える側《がわ》に集まったのであるから、船が大きくかしいだのも無理はない。

眼前に悠々と巨大な船体を横たわせる大船は、全長およそ三十五尋《ひろ》（約六三メートル）、多数の砲門と銃口を備え、櫓《ろ》を漕ぐ水夫の数は二百人を越えるという化け物じみた船なのであった。

この船が隅田川の河口に居座り、行き来する荷船を睥睨《へいげい》しているのだから、まるで隅田川の河口に突然砦ができたようで、どの船も迂回して早々に走り去っていく。

「てえしたもんだよ。さすが天下様の造った大安宅船だ。なあ、徳さん」

太助の向こうから花田虎ノ助が、家光を挑発するように語りかけた。

虎ノ助は一刀流の達人で、寛永の御前試合で惜しくも優勝を逸《いっ》したが、その腕を買われ家光の乳母春日局《かすがのつぼね》の命《めい》で忍び歩きする家光の護衛役となっている。

だが、根っからの剣豪で、金のためとはいえ、野放図な虎ノ助にはこの役が重苦しくてたまらない。

「見なよ、船体を鉄の鋼板が囲んでいるぜ」

なるほど太助の指さすあたり、大安宅船の船側を錆《さび》色の金属が固めている。

「いや、あれはちがう。銅板だ」

家光が言った。

「銅板ねえ、そんな物を張りめぐらせても船って沈まねえのかね」

太助が、首をかしげた。

「ほんとうに」

お角も、おもとも、顔を見あわせて不思議がっている。

家光にも、なぜそんなに重いものを張りめぐらせた船が沈まないか、説明ができないのである。

「だが、あれなら矢弾、鉄砲弾など、悠々と弾《はじ》き返すだろうな」

放駒親方が、すっかり感心して唸った。

「そうさ、こりゃあ、海の要塞《ようさい》だよ」

香具師の三兄弟の一人八兵衛《はちべえ》が窓から首を出して、二十間ほどに迫った大船の船側を見あげた。

「矢倉は二層、天守も二つ屋根だ。船首の飾りを見ろよ。龍だぜ、龍」

親方の息子の小四郎に声をかけると、親分の子らしく、力士なみに大きな小四郎も感心して口をぽかんと開けている。

「危ねえ。危ねえ。百蔵と小四郎は向こう側で座っていろ。船が傾くじゃねえか」

放駒親方が、二人に手を振って追い払った。

「なんでえ、おれには見せてくれねえのかよ」

巨体のわりに気の小さい小四郎が、半ベソをかいている。

「あの船の船底は、たしか南蛮式の構造でございますね」

弟と別れて皆のところに残っているおもとが、家光に語りかけた。

おもとは船大工の父を持つだけに、船の構造は詳しそうである。

「そうだよ」

「それにしても船尾も船底が安宅船とは、ずいぶん変わっておるな」

虎ノ助が、珍しげに大船の胴まわりを眺めまわした。一部洋風の造りを採《と》り入れているだけに、船体はやや細い。

家光は、にやにや笑いながらうなずくばかりである。

三代将軍家光は、三浦按針から習得した南蛮の造船技術を、船手奉行の向井将監忠勝に命じ、あえて伝統の安宅船に加えさせたのは前に触れた。

幕府はこれよりだいぶ前に、西国の緒大名に向けて〈大船建造の禁〉を発令している。初めのものは慶長《けいちょう》十四年（一六〇九）で、家光の父秀忠《ひでただ》が発布したものであった。

とはいえ、指示を与えたのは秀忠の父家康《いえやす》である。これによって、諸大名は五百石積み以上の軍船の建造が禁止された。

かくして、千石を越える大安宅船を建造できるのは幕府のみとなった。さらに幕府は巡航速度を上げるために腐心するようになった。

大きさに勝る安宅船があれば、あとは諸大名の船を速さで上まわれば十分と考えたのである。

そのため、南蛮船と同じ龍骨をもつ安宅船を建造することを思い立ったのであった。

「これは、江戸のそなえに役立ちそうだね。海から江戸湾に侵入してくる軍船などありゃしない」

助五郎がお角に語りかければ、

「とにかくこんな戦さ船はごめんだよ。太平がいちばんさ」

お角がしみじみと言い、香具師の三人も同意してうなずいた。

そのとき、大安宅船側で船を見あげていた一行に、激しく水飛沫《しぶき》がかかった。

大安宅船〈天下丸〉と屋形船の間に、いきなり割りこんでくる大船がある。

それもかなりの大きさで、五百石はじゅうぶんあろう。

見れば、どこかの大藩の御座船のようである。

「危ねえなァ。もうちょっとでぶつかるところだぜ」

飛沫を顔に浴びた太助が、目を剝いて怒りだすと、

「おい、どこの船だか、ちょいと見て来い」

太助以上に喧嘩っ早い放駒親方が、香具師の三人をどなりつけた。

舳先《へさき》までまわったはずの三人が、なかなかもどって来ない。

「妙だな、ちっと見てくらァ」

太助が、三人を追って船側に出た。

だが、太助ももどってこない。家光も立ちあがり舳先に出て見ると、太助と石川《いしかわ》三兄弟が甲板で茫然と立ち尽くしている。

「どうしたのだ、太助」

と声をかけて、ふと右上を見あげ目を瞠《みは》った。

衝突すれすれにまで近づいてきた御座船が、あびせかかるように迫って屋形船を圧倒している。

甲板には城の天守を思わせる櫓《やぐら》が乗っている。

「徳さん、相手が悪いや。ありゃ、幕府の船だ」

太助が、甲板に張りめぐらされた幔幕《まんまく》を指さした。

「いや、あれは幕府の船ではない」

なるほど、太助の言うように幔幕には葵《あおい》の定紋が打たれていたが、葵の形が徳川宗家のものとはちょっとだけちがっている。

「あれは紀州《きしゅう》藩の船だよ」

家光が太助に言った。

船室から飛び出してきた皆も、立ちつくしている。

虎ノ助が苦虫を嚙みつぶしたような顔で船を見あげた。

むろん、乗っているのは紀州藩主徳川頼宣で、このような暴挙に出た以上、家光がこの屋形船に乗っているのはとうに承知のようである。

「嫌な野郎だ。つっかかってきやがったぜ、徳さん」

「そのようだな」

怒りを抑えて、家光は冷やかに御座船を見かえした。

甲板に紋服袴姿の藩士たちが居並んで、こちらを見下している。中央に立つ華やかな図柄の紋服に身を包んだ太守然とした武士が頼宣であった。

「ひどいねえ。紀州のお殿様だって、なんでこんな危ないことをするんだろうね」

お京が、憎々しげに頼宣を見あげる。

むろんお京は家光の正体を知らないから、頼宣が無理やり船を寄せてきた動機がわからない。

「さあ、どうしてであろうな」

家光はおとぼけ顔でそう応えてから、もういちど頼宣を見あげた。頼宣が、小癪《こしゃく》にもこちらに向けて手を振っている。

「見ろよ、徳さん」

虎ノ助がいまいましげに言った。

「おおい、そこにおるのは大久保家の支流の次男坊葵徳ノ助ではないか」

頼宣が、嘲笑《あざわら》うように語りかけた。

「ほう、どこのどなたかな」

家光が、唇を歪めて応えた。

「見知らぬはずもあるまい。そなたの主筋、紀州中納言《ちゅうなごん》徳川頼宣じゃ」

「ほう、これは知らぬこととはいえご無礼。だが、これはあいこだ。ご貴殿の持ち船は、いささか設計に無理がある。どうやら舵取りもままならぬようだ」

「安宅船があまりに大きいゆえ、船頭もつい見惚れておったのであろう。大船がなぜ動けぬかと見て、あきれておったのかもしれぬ」

頼宣は、居並ぶ紋服の家士といっせいに嘲笑った。

「我らも、あのような船を造りたいもの。ただし、もっときびきび動く、船らしい船をな。紀州藩は同じ父家康の伜でありながら、わずか六十万石余りの領地しか持たぬ。紀州藩には大船などそうたやすく造れぬ。だから造るからには、役に立たぬ船は造らぬ」

「なんのために船が造りたい。太平の世に軍船は不要であろう」

「太平の世か。だが、敵は国内ばかりにあるわけではない。目を広く海外にも向けてみよ。東亜の国に目をつけ、虎視眈々《こしたんたん》と侵略を企む南蛮紅毛《なんばんこうもう》の諸国があまたおる」

「来れば、この安宅船で追い返すまで」

「その気概はご立派。しかし、このように身動きのとれぬ大船では、南蛮船と船戦さなどとうていできぬ。背後に廻りこまれ、大砲を撃ちかけられれば、成すすべもなく撃沈されよう」

「それはどうかな。この大船、思いのほか動きは速いと聞く」

「なんの。和式の船に龍骨を加えたところで、どれほどのことができよう」

「されば、紀州公は南蛮の軍船が欲しいと申されるか」

「欲しい。だが、安心いたせ。宗家に挑むつもりはない。南の龍は、せまいこの日本など視野にない。我に南蛮風帆船があれば、国のため唐天竺《からてんじく》にも攻め昇り、大いに領土を拡大してくれる」

「ほう、太閤秀吉も驚く遠大な構想だな」

「そうだ。まずは呂宋《ルソン》を攻めて我が領地と成し、さらに清《しん》を襲って大陸に進出する。やがては天竺、韃靼《だったん》はおろか南蛮紅毛諸国にまで攻め入ろう」

「勇ましい」

「天下人には、それほどの気概が欲しいものだ。真偽のほどは知らぬが、奥州の覇者かつて伊達政宗は、イスパニアに使節を派遣し、彼の地の軍勢を呼び寄せて、江戸、大坂を攻めさせるつもりであったと聞く。さすがは独眼竜《どくがんりゅう》政宗、太閤秀吉も、我が父東照大権現《とうしょうだいごんげん》家康公も、一目《いちもく》置いた英雄であろう」

「昔のことはいざ知らず、政宗殿も今は天下の太平を願うておられる。太平の世に覇《は》道《どう》を求め、己の欲のみを滾《たぎ》らせておられるのは、龍は龍でも南海の龍かとお見うけする」

「そうか。これは情けない。独眼竜殿も、もはや我が甥の将軍と相撲をとるくらいの気概しか残っておらぬか。北の独眼竜に代わって、この南海の龍が覇気のない天下様を追い払い、天下に号令するのも一興かもしれぬな。いや、これは戯《ざ》れ言《ごと》」

頼宣の脇に立つ家士の一人が、頼宣になにやら耳打ちしていた。

頼宣が身を乗り出すようにして、舳先に立つ百蔵を覗きこんだ。

「そこな大男は、南蛮船の建造を手がけた船大工伝蔵の倅と聞いた。なにゆえ、そこにおる」

「はて、おってはまずうござるか。サン・ファン・バウティスタ号の絵図面がご所望と聞く。その図面で、南海龍殿はなにをされたい」

「旗本の次男ふぜいの知ったことではない」

「五百石以上の大船は、建造を禁じられておるのをお忘れか。それでも建造するおつもりなれば、わが主はきっとお許しなされまい」

「はて、そのような船を造るなどとは申しておらぬ。さきほどは夢を語ったまで」

頼宣は、ふと彼方を見やって空とぼけてみせた。

「小さな南蛮船を造って、船遊びを楽しもうと思うたまで。気になされるな」

「絵図面の話になると、にわかに警戒心が生まれたようだ。この百蔵は船大工を廃業、むろん父の遺品も廃棄した。絵図面など持ち合わせておらぬので、おあきらめになるがよい」

家光がそう言うと、百蔵が不敵に頼宣を見あげてうなずいた。

「はて、絵図面などというもの、知らぬな。されど、大船。大船が欲しいわ」

舳先の頼宣は、ふとこちらに背を向け、側の者になにやら命じたようであった。

「さらば、葵徳ノ助。また会おうぞ」

頼宣はそう言い残し、やがて船倉深く姿を消した。

「叔父御、今度ばかりは許しませぬぞ」

家光は御座船が白波を蹴立てて船足早く去っていくのを見つめながら、叔父頼宣の野心の深さを推しはかるのであった。

二

「どうせなら、それがしのところを稽古場になされては」

旗本奴神祇《じんぎ》赤鞘組《あかさやぐみ》の組頭立花十郎左衛門《たちばなじゆうろうざえもん》が、家光の耳元でそうささやいた。

立花十郎左衛門は、かつて家光の小姓として随身していた間柄であったが、長じてからは奇傾《かぶ》き心が生じ、幕府の役職をすべて投げ出して旗本奴に転じ、男伊達を張るようになった。

久しぶりに家光と再会した十郎左衛門は、家光が対立する町奴の頭《かしら》放駒助五郎の居候となっていることを知り、放駒助五郎との対立を解き、家光を陰ながら支える側にまわっている。

以来、他の旗本奴や町奴が目を剝くなか、両者は交際を重ねてきた。

このところ、相撲好きの十郎左衛門が、連日のように組の者を引き連れ花川戸の〈放駒〉を訪れ、土手で行われる明石志賀之助門下の荒稽古を見物して帰っていくようになっていたが、ついにそれでもあき足りず、屋敷の内庭を稽古場とし、門弟の宿舎まで提供すると申し出たのである。

この頃の相撲界は、まだ部屋持ちの制度などはなく、関取が思い思いに稽古場を用意していた。

巡業の多い明石志賀之助は、江戸ではそのつど稽古場を借りあげており、きまった稽古場を持っていない。

そうした事情を知る放駒助五郎が、

――ならば、昼飯くらいは用意するぞ。

と誘ってくれたので、その好意にすがり大挙して花川戸に押し寄せてきたのであった。

といっても門弟の寝泊まりするところまでは用意できない。皆、近くの宿を塒《ねぐら》としている。

一方、十郎左衛門の旗本屋敷は、稽古場こそまだないが、広い敷地を持ち稽古のための急ごしらえの板小屋を用意することなど簡単で、飯はある、風呂はある、の至れり尽くせりで、一門の力士にとってこれほどありがたいところはない。

一方、十郎左衛門の妹鈴姫《すずひめ》も、

――家光さまにお越しいただけるなんてまるで夢のよう。ぜひにも。

と同意したので、十郎左衛門もさらに熱が入ってきた。

この頃はついに、

――おれたちが門弟たちの後見役になってやろう。

とさえ言い出している。

だが、旗本奴神祇赤鞘組が後見では、志賀之助もありがた迷惑にちがいなかった。

志賀之助一門が神田の立花邸に移ってから、家光が訪ねていく機会も増えてきた。

鈴姫は、家光が訪ねてくるたびに嬉々として迎えに出る。

鈴姫は、十郎左衛門が家光の小姓であった頃からの家光の遊び仲間で、もう歳はそれなりだが、嫁にも行かず、まるで十か十二のお姫さまのようなお気楽さで、あっけらかんと暮らしている。

ことに武道の稽古には熱心で、得意の得物《えもの》は弓、家光の窮地に現れて幾度か手を貸したこともあった。

志賀之助一門が大挙して十郎左衛門の屋敷に移ってきてほどなく、家光が久しぶりに百蔵の姉おもとを伴い、立花邸を訪ねた。

おもとはすっかり〈放駒〉の賄い女として落ち着き、台所の切り盛りや掃除洗濯までこなしているので、弟の稽古を見に行く暇もなく今日が半月ぶりの弟との再会であった。

「どうだ、百蔵は」

家光は飛んで出た鈴姫の、団子鼻をついた。

「なんだが、化け物みたいに大きいひと……」

鈴姫は、あまり相撲に興味はないらしい。

それもそのはずで、相撲はこの当時女人禁制で、女相撲も宮相撲も観戦は男だけのもの、女は見ることさえもできなかったのである。

「不公平にございます」

「それはそうだな。なんとかせねばならぬ。それより、関取衆はどうだ」

「元気がよすぎて困っております。兄上があの者たちを屋敷に招き入れてからこの方、台所の米びつがあっという間に空になってしまいます」

「それはすまぬな。力士の食い扶持は、私が持つ」

「それはよいのでございますが、荷物がいっぱい」

「そうか。志賀之助と一門十人の大所帯だ。それはそうであろうな」

家光は、困ったように顎を撫でた。

「奥の間は、もう足の踏み場もありませぬ。ことに伊豆疾風の持ち物は大変な量でございます」

鈴姫の話では、なにやらよほど大きなものを造るための道具が大小とりどり、どさりと蔵に運びこまれ家中《かちゅう》の者が困っているという。

「ああ、百蔵は船大工をやっていた。稼業をすべて畳んできたのだからな。それくらいの荷物はあろう。それに、どれも父の形見だ。なかなか捨てきれぬのであろうよ」

「でも、お父上の形見にしては、妙なものがございました」

鈴姫は、家光の顔をいぶかしげにうかがった。

「旅支度のものに混じって、ひと振り道中差しがございましたが、それだけは、木箱に大切に仕舞われており、荷の奥に隠して置かれております」

「道中差しを木箱にか。それは妙だな」

「関取となったら、それで土俵入でもなさりたいのでございましょうか」

「さてな」

家光はふと考えてから、

「いずれにしても、百蔵にも武士らしく大小を揃えてやらねばな」

ひとりごとのように言って、鈴姫の肩に手を乗せ、

「勘弁してやってくれ。そのかわり、鈴姫には相撲の取組《とりくみ》を見せてやろう。面白いぞ」

「まあ、よいのでございますか」

「鈴姫も、きっと亜紀のように男装がよく似合うはずだ。男のなかに紛れておれば、まずわかるまい」

「うれしうございます。ほんとうは、とても相撲に興味があったのでございます。ぜひとも見物させてくださりませ」

鈴姫は、そう言って嬉しそうに家光の腕にからみついた。

鈴姫と別れ、百蔵にあてがわれた奥の大部屋に入ってみれば、もう見ちがえるように体がひきしまり、風格も増した百蔵が、大きな茶碗を置き満面の笑みを浮かべ家光を迎えた。

「休息中のようだな」

「ああ、二刻ばかり稽古をして、さすがに息が上がったよ。でも、おれはどんな厳しい稽古もへこたれねえ」

「その調子だ。なかなか逞しい」

家光は、あらためて百蔵の体を見まわした。

一まわり大きくなった百蔵は、もはや押しも押されぬ堂々たる力士である。

「なにもかも徳ノ助さんのおかげだ。おれなんぞまだまだ青二才で、数のうちにも入らねえだろうに、志賀之助様も、なんだか腫れ物に触れるように大切に扱ってくださる。わけがわからねえよ」

「おまえの将来を見こんでのことだろう。そんなことより、脇目も振らずに稽古に励んで、早く強くなることだ」

家光は目を細めて百蔵を見つめ、うなずいた。

「稽古は大好きだから、欠かさねえよ。ただ、赤鞘組の連中が次々にやってきて、稽古を見せろ、土俵入りをやってみろ、とうるせえ。土俵入りなんて、できるはずもねえよ」

「まあ、気のいい連中だ。勘弁してやってくれ」

家光は苦笑いして、部屋のなかをぐるりと見まわした。

「花川戸の工房はすべてを畳んだそうだな。もはや後には退けぬぞ」

「わかっている。これでも、いらねえもんはあらかた処分したんだが」

百蔵は、ちょっと恥ずかしそうにそう言って、大きな猪首《いくび》を撫でた。

「なに、どれも親父どのの思い出がつまった品だろう。たやすくは捨てられまい」

そう言って家光がもう一度百蔵の荷物を見まわすと、なるほどさっき鈴姫の言っていた旅の装束一式が、ノミや鉋《かんな》などの工具に混じって無造作に置き捨てられている。

「百蔵の親父どのは、長い旅をつづけていた時期があったようだな」

「話に聞けばよ、伊達の殿様に呼ばれ伊東からはるばる奥州の仙台《せんだい》まで行ったたって話だ。俺が生まれたのも仙台だ」

「おまえは、いくつまでその地にいた」

「五つまでだ。それから江戸に出てきた」

「親方に絵図面を託されたとすれば、仙台にいた頃だろうな」

家光は、ふと道中差しの入った木箱に目を落とした。

武士でなくとも、旅をする者は帯刀が許されている。といっても丈の短い道中差しで、長さは二尺ほど、護身用である。

「お父っつあんは、これは大事なものだから、大切にするんだと死ぬまで言っていた」

「開けていいか」

家光は、念を押して木箱の蓋《ふた》を取りあげてみた。

道中差しはどこにでもある無銘の刀で、柄《つか》も手垢に汚れ、鞘《さや》も埃を被ってざらついている。

鯉口《こいぐち》を切ってみれば、錆《さび》も出ていて、刀身はザラリと抜けた。

「これを大切にせよ、と親父どのは言うたのだな」

「そうだ」

「だが、百蔵。船大工の伝蔵殿が、道中差しをそれほど大切にするのも妙だとは思わぬか」

「そういや、そうだ」

さらに目を凝らして柄を観ると、目釘《めくぎ》がわずかに擦り切れている。

「誰か、おられるか」

家光は声をあげ、駈けつけてきた家士に、

「刀の手入れがしたい。道具を一式貸してくださらぬか」

と丁重に頼むと、小者は主の大切な客人の頼みとあって慌てて部屋を出ていき、刀の手入れに必要な道具一式を揃えてもどってきた。

目釘を抜いて柄を外し、茎《なかご》を剝き出してみると、抜いた柄のなかに何か紙のようなものが挟んである。

「取り出してよいか」

「ああ、いいよ」

小柄で繰り出してみると、小さく折り畳んだ紙片が出てきた。広げてみると、それはまぎれもない、一枚の色褪せた絵図面である。

だが、よく見れば均等に切り分けられた一片のようでもある。

見たところ、もとの絵図面の三分の一ほどであろうか。帆船の船尾の図面が寸法を刻んで克明に描かれている。

「驚いた。こんなものが、入っていたのか……」

百蔵は、青ざめた顔で家光を見かえした。

「狙われたのはこの絵図面だ。伝蔵さんも大切なものとわかっていたから、こうして道中差しのなかに隠していたのだろう」

「そういうこととは知らなかった……」

百蔵は、まだ茫然としている。

「伝蔵さんは、不憫《ふびん》なことをしたな」

「こんなもの、持っていたばかりに命を狙われるなんて、お父っつあんは馬鹿なことをしたもんだ」

「思い出の品だったのだろう。この図面は伝蔵さんの船大工としての誇りだったのだろうよ」

「そうかもしれねえが……」

「ところで百蔵、この絵図面を見ただけで、どんな船かわかるか」

「これは、和船じゃねえ。南蛮の帆船だ」

「そうだな。おれにもそれくらいはわかる。船底に龍骨が通っている。伝蔵さんは、この船を仙台で造ったのだな」

「そうだろうと思う。親父は南蛮帆船のサン・ファン・バウティスタ号とやらいうイスパニアまで行ける船を造ったと話していた」

「この帆船を、なんとしてももういちど造りたい者がおるようだ」

「あの御座船の舳先にいた殿様かい」

「そうだ。奪われぬように、この絵図面はまた大切に道中差しのなかに仕舞っておこう。誰にも渡すでないぞ」

「もちろんだ。だが、おれはこれからもっともっと稽古が忙しくなる。いつもこれに目を配っているわけにもいかねえ。徳ノ助さん、預かってくれねえか」

「それはやぶさかではないが、よいのか」

「いいも悪いもねえよ。おれは、あんたを信用している。あんたに護ってもらえば、安心して稽古にうちこめる」

「なら、そうしよう」

家光が道中差しを木箱に納め、畳んだ絵図面を懐にしまいこんだ。

「なら、あたしも一緒に守ってあげるよ、百蔵さん」

家光の背後で女の声がする。ふりかえれば鈴姫である。

弓の稽古をしていたらしく、小袖の上に肩当てをしている。

「申しわけございませんが、話はぜんぶ聞かせていただきましたよ、徳ノ助さま。これは、絶対にあの紀州の龍なんかに渡しちゃだめよ。江戸が火の海になってしまいます」

鈴姫がちゃめっ気たっぷりに笑いかけた。

「いつからそこに」

「徳ノ助さま、鈴姫はいつもお側におりまする」

鈴姫が、家光の背にすがりついた。

「江戸が火の海になるって、ほんとけえ」

百蔵が驚いて、鈴姫を見かえした。

「そりゃそうさ。これは戦さだよ。その大船なら大砲だって積めるんだよ」

相手が力士だけに、鈴姫は男まさりの口をきいた。

「鈴姫、百蔵は今は相撲で頭がいっぱいだ。余計な心配をかけるものではない」

家光は苦笑いしてから、ふとあることを思い出し、立ちあがった。

急ぎ確認しておかなければならないことがある。

「この絵図面を手がかりに、他の二片も早急に探し出さなければならない。南海の龍も、おそらく躍起《やっき》になって捜していることだろう。鈴姫、すまぬがこれから出かけたい。家の者に命じて町駕籠を呼んでくれぬか」

「わかりました、徳ノ助さま。わたくしもご一緒いたします」

鈴姫が、家光の腕にからみついた。

「馬鹿を言うでない」

「その絵図面について、さらにお調べになられるのでございましょう。危ない目にあわれるかもしれません。わたくしが護ってさしあげねば」

「べつだん危険なところに出かけるのではない。そなたが付いてくるまでのことはない」

「まあ、なんという薄情なお言葉。わたくしと家光さまは幼き日より、常に心が通じ合っておりました。今もそう。御側に置けば、きっと重宝《ちょうほう》いたします。それにわたくしの弓矢の技は、よくご存じのはず。小太刀も中条流を学び、誰にも退《ひ》けをとりませぬ。江戸を戦火に巻きこむほどの危機が迫っておるのでございます。それに、大切なものを持ちお帰りになる徳ノ助さまをお一人町駕籠一挺にてお帰しすることなど、とてもできません」

「まったく仕方のない姫だ、されば付いて参れ」

家光は苦笑いし、帰りの支度を始めた。

「駕籠二挺でございますね。早々に」

鈴姫はまかせてほしいとばかり胸をたたいて部屋を飛び出していった。

三

「ほれ、あそこをご覧くだされ。富士の峰がよう見えまする」

船手奉行向井将監忠勝は、海風に乱れた鬢をととのえようともせず、大きな声で家光に語りかけた。

先祖は紀伊の水軍に属し、劣勢の武田水軍を率いて徳川、北条の水軍と渡り合ったこともある向井水軍の末裔だけに、その豪放磊落《ごうほうらいらく》な人柄は家光もおおいに頼りとするところである。

家光が、〈天下丸〉を訪れるのは、これで三度めであった。

江戸湾の隅田川河口に碇泊する大安宅船〈天下丸〉の甲板では、百名を越える船員が家光を出迎えた。

伊豆の伊東から曳航《えいこう》されてきたこの安宅船を、家光以下幕閣総出で船手奉行の館に迎えたのはつい半年前のことである。

それから一月ほど後のこと、船好きの家光は、もう一度、この船を訪ねていた。この安宅船が船手奉行の手に渡って江戸湾に曳航される時であった。

その折には、建造にあたった将監以下、一人一人の船大工にまで労を報い、船の構造を熱心に観察した。

三度めのこの日は、向井忠勝以下の案内で甲板上の楼閣に登り、江戸湾を見物することになった。

その席に今、鈴姫も同席している。

「すっかりこの安宅船にも慣れ、愛着さえおぼえておる。自ら舵をとり、遠い異国まで航海してみたいと思うほどだ」

家光は、潮風を胸いっぱいに吸いこみ、機嫌よく迎えに出た忠勝に語りかけた。

「されど、上様。この船は近海用に造られておりますゆえ、大波にはいささか弱く、異国に向けて航海するようにもできておりませぬ」

上手《じょうず》の言えない正直者だけに、忠勝は船の弱点を隠すことなく家光に告げた。

「そうであったな。しかしながら、この船にもよいところはある。近海での船戦さのために造らせたのだから、いわば砦のような船なのだ。これは大いに頼りになる」

「承知しております。そこが強み。船側には銅板が張りめぐらされ、弓、鉄砲を射かけることもできまする」

「そうだ、この船はまさに江戸湾に浮かべた砦なのだ」

「御意。さらに、大筒を据えることもたやすうございます。この大船が江戸湾を守っておれば、まず海の備えは万全」

「そうだ。これほどの大船、かの織田信長公も、太閤秀吉も、ついに建造することはできなかった」

家光は、誇らしげに船を見まわした。

二重の楼閣の上には、向井忠勝、鈴姫、さらに丸目亜紀を通じて急ぎ呼び寄せた南町奉行加賀爪忠澄が家光を囲んでいる。

向井忠勝は、家光の乗船を歓迎すべく、佃島の漁師に声をかけ、活きのいい魚を届けさせていた。

それを肴に、海風を浴びて盃を傾ければ、酔いのまわるのは早い。

「鈴姫も、こちらに来て飲め」

家光が声をかけると、しおらしく離れたところで海を見ていた鈴姫が、喜々として駈けつけて家光の脇に座りこんだ。

「お招きにあずかり、ありがとうございます」

「この姫は立花十郎左衛門の妹でな。姫とは幼き日によう遊んだものだ。このようにしおらしい顔をしておるが、気性は男まさりで、弓も小太刀も皆伝《かいでん》並だ」

「まあ、そのように仰せられますな」

鈴姫は家光を見かえし、ぷいと頬を膨らませてみせた。

加賀爪忠澄の背後で、男装の亜紀が笑っている。

「ならば、女豪傑、酒でもどうだ」

家光は、みずから盃をとって鈴姫に酒をすすめた。

鈴姫は、舌なめずりをするようにうまそうに酒をあおった。相当の酒豪である。

「さすがに旗本奴の立花十郎左衛門めの妹御よな、豪快な飲みっぷり」

加賀爪忠澄は、面白そうに鈴姫を見た。

今は南町奉行として江戸四方に睨みをきかせる加賀爪も、家光とは幼い頃からのつきあいで、立花十郎左衛門とも昵懇《じっこん》である。

忠澄は、鈴姫を目を細めて見かえし、

「あの鈴姫殿が、このように大きうなられたか」

まだ子供を見るような眼差しで、いくども感嘆するのであった。

「ところで忠勝。こたび〈天下丸〉を訪れたのには、ちと理由《わけ》がある」

「はて、なんでございましょう」

向井将監が、あらたまった口調でそう言い、家光を見かえした。

「この〈天下丸〉だが、変わったことはないか」

「はて、別段……」

忠勝は家光の問いかけの意味がわからず、首を傾げて見かえした。

「いやな、船底に龍骨を通した船は、これまでの安宅船とどうちがうか気になったのだ」

「たしかに、多少の荒波にはびくともいたしませぬが、多少傷《いた》みが出ております」

「どういうことだ、忠勝……」

家光は、いぶかしげに海賊あがりの男を目を細めて見かえした。

「その……、悪戯者《いたずら》がおりますようで、船側を削る者、帆に泥をかける者など、些細な悪戯がたえませぬ」

「悪戯者か」

「泥をかけるなど、悪戯というより悪意を感じます」

鈴姫が口をとがらせた。

「船側を削るなど、悪意をもってやっているとしか思えませぬな」

向井将監の後方で、丸目亜紀も鈴姫に同意して眉をひそめた。

「はて、何者がそのようなことをするのであろうか」

「それが、いまだ正体がつかめませぬ。見張りの者の話では、夜間に灯りも点けずに大船が近接し、帆に向けて泥袋を投げつけていくと申しております。さらに海中に潜って船を傷《いた》める者もいるようで」

「海中に潜ってまで船を削るのか」

「はい」

「その者ら、捕らえられぬか」

「こちらは係留中にて、すぐに船を出すことはできませぬ。それに、追うにも相手は船足が速く」

「上様、もしや……」

加賀爪忠澄が、眉を寄せ声を潜めて言った。

「姑息《こそく》な嫌がらせ。紀州の龍殿が夜陰に紛れてやらせているのやもしれぬぞ」

「嫌がらせといえば、隅田川の河口付近の漁獲が激減したと漁師はこぼしておりまする」

忠勝が、ふと思い出して怒りに頬を染めた。

「白魚は今や全滅に近いとか。この大船が河口を塞いでいるから、と噂する者もありまするが、この安宅丸がなにをするわけでもなく」

「おそらく大船が近づき、漁場を荒らして去るのでございましょう。これも悪意のこもった悪戯かと」

忠勝がそう言えば、

「それに、悪い噂を振りまいておる者がおるのかもしれぬな」

家光が、うなずいた。

「して佃島の漁師どもは、なんと申しておる」

「いちおう幕府の手前、そのようなわけはないと申しておりますが、なにが原因かわからぬようで」

「そうか。うむ、南龍公の悪戯は許せぬな」

「いかがいたしましょう」

向井将監が指示を仰いだ。

「足の速い船を用意し、黒船が現れたら、追尾いたせ。海戦となれば、沈めてもよい」

「かしこまってございます」

忠勝は、家光のなみなみならぬ決意を感じ取り、あらためて眦《まなじり》を決した。

「それと、いまひとつ気になることがある」

「はて、なんでござりましょう」

ふたたび忠勝が家光に向き直った。

「そなたは、三浦按針から帆船の建造について学んでおったな」

「いささか。しかしながら、あれからはや二十年、それがしの記憶も日々薄れるばかり。当時の船大工も四散し、今はその技を伝承する者も少なくなっております」

「伊達の親父殿がイスパニアに使節を派遣した帆船サン・ファン・バウティスタ号の建造に、そちも関わっておったな」

「世に言う〈伊達の黒船〉でございますな。あれはよい船でございました。あの折は、仙台月の浦に、我が手の船大工を多数派遣し、建造を手伝わせました。それがしも、仙台にまで出向いております。また、イスパニアへの航海に際しても、百名を超える船員をつけております」

「そうであった。その話、伊達の親父殿から直々《じきじき》に聞いておる。その者ら、航海の途中で、かなり死んだと聞くが」

「なにせ、大地の裏側への海旅。犠牲者を多く出しておりましたゆえ」

忠勝は、遠い目をして海原を見つめた。こうした物言いをする時の忠勝は、いかにも海の男である。

「そのことで忠勝、珍しいものが手に入った」

家光は懐を探って百蔵が秘蔵していた絵図面を取り出した。

「これは……?」

「じつはな、仙台で親父殿が欧州に派遣した使節団の乗った帆船の絵図面の片割れだ」

「それは、サン・ファン・バウティスタ号でございましたな」

忠勝が、目を輝かせて絵図面に見入った。

「その折の船大工は今、いかがしておろうかの」

「あの折は按針から手ほどきを受けた名人が三名おり、その指導のもとに動いておりました。その三人のうち、上様がお話しの関取伊豆疾風の父伝蔵が仙台に残り、いまひとり源次《げんじ》なる者は江戸にもどり、いま一人作兵衛《さくべえ》なる者は伊豆にもどって後、一時行方不明になりましたが、畿内におるとの話でございます」

「畿内か……」

家光の言葉に、加賀爪忠澄が反応した。

「紀州公のことを、お考えでございますな」

「うむ」

家光は、渋い顔で応えた。

「して、江戸にもどった源次なる者はいかがした」

「それが……」

忠勝は眉間に小皺をよせて言いよどんだ。

「どうしたのだ、申せ」

「七年ほど我が船手方におりましたが、残念ながら今は……」

「去ったか。何処に行ったからわからぬのか」

「噂によれば、今は町の荒くれ者となり、よからぬ者の仲間となっておるとのことにございます。なにやら、女歌舞伎の一座で木戸番をしているとの噂もござります」

「その者の行方、奉行所で調べることはできぬか、忠澄」

「承知つかまつりました」

加賀爪忠澄は、盃の手を休めてうなずいた。

「それにしても、希有《けう》な大船を造った船大工が、女歌舞伎の木戸番とはの」

家光が、吐息して盃の酒を飲み干した。

「人の世は有為転変《ういてんぺん》、思いもよらぬ浮き沈みをするものでござります」

忠澄がそう言うと、丸目亜紀が大きくうなずいた。

「まこと、明日は我が身でございます」

「思いがけないことを言うの、亜紀。そなたはつねに余の片腕、そなたの助勢がなくば、余も安心して町に出られぬ」

「しかしながら剣に生きる者、いつ斬り死にするかも知れず、つねにそうした覚悟を忘れておりません」

「とまれ、絵図面が紀州公の手に渡ってはまずい。早急に回収せねばならぬ」

「家光さま。女歌舞伎では町方の探索は難しうございましょう。わたくしに探索させていただくわけには参りませぬか」

鈴姫が、身をのりだして家光の返事を待った。

「馬鹿を申すな。よもや女歌舞伎の一座に潜りこむなどと申すのではあるまいな」

「この鈴姫とて、女でございます。小太刀も使えます。さして難しいことではございません。その船大工のゆくえ、早急に突きとめねばなりません」

「やめておけ、鈴姫。女歌舞伎とて芸の道は厳しい。おいそれと舞い踊ることができるはずもない」

「家光さまは、わたくしを軽んじておられますな。私は諸芸に通じ、おぼえがよいとその道の先生他にお褒めいただいております。また、さらに小太刀をとっては中条流免許皆伝、弓は女那須与一《なすのよいち》の異名をとっております」

「もうよい姫」

家光は忠勝と顔を見あわせ、苦笑いした。

「はは、これでは鈴姫はいつまでたっても嫁のもらい手があるまい」

加賀爪忠澄が、茶化すように言うと、

「なんと申されました、加賀爪さま。この鈴姫は、誰にもらっていただくつもりもありません。嫁に行く相手はきまっております。ねえ、家光さま」

鈴姫は盃を置いて、じっと家光を見つめ、

「幼き日より、想うお方はただお一人。せめてご側室のお声がかかるのを、姫はじっとお待ち申し上げておるのでございます」

「はて、誰のことであろう」

家光は、やれやれと頭を掻いて、

「よかろう、源次なる者がおらぬ時は、すぐにもどってくるのだ。それと、亜紀」

「はい、上さま」

丸目亜紀が、加賀爪忠澄の背後で控えめに応じた。

「時折、姫の様子を見に行ってやれ」

そう家光が命じると、鈴姫はまた頰を膨らませて亜紀を睨んだ。

四

「お〜い、徳さんはいるかい」

暦売りのちゃっかり八兵衛が、宙を踏むような勢いで、〈放駒〉に飛びこんできた。

前のめりになってそのまま卓に両手をつき、荒い息をしていたが、すぐにムクと起きあがって、

「大変なことが起こった」

大袈裟に嘆いてみせた。

まだ陽は高いが、商売に出た仙勝寺《せんしょうじ》の露店を投げだしたまま、駈けもどってきたらしい。

おもとが慌てて二階に駈けあがり、家光に大事を告げた。

鈴姫が、八兵衛と同じ境内で小屋を張る女歌舞伎の一座で喧嘩を始めたというのである。

芝居ができるというので一座に加えてみた。だが、

――まるでだめ、使い物にならない。

と追い払われたので、鈴姫はカッとなったらしい。

だが、それは予期されたことで、冷静な鈴姫が怒りだすのも妙である。

よく話を聞いてみると、座の奥から陽に焼けたいかめしい顔の荒くれ者が出てきて、姫を突いたり蹴ったりの乱暴狼藉、姫がついカッとなってしまったというのであった。

姫は小屋を追い出されて、なおも追いまわされたという。

そ奴らは、いずれも皆ドスを腰にたばさみ、弄《もてあそ》ぶようにからんできたという。

姫もついにたまりかね、腰の小太刀を引き抜いたという。

「それはいかん。斬りあいとなったのか」

　家光が、八兵衛をつかんだ。

「いや、そこまではいかなかったらしいよ」

「そうか」

　家光は、ようやく胸を撫でおろした。

　姫に、妖しげな女歌舞伎小屋を探索させたことがまちがいであった、とひどく悔やまれた。

「鈴姫が危ねえんで、遠巻きにして見ていたんだが、大袈裟に騒いだら人が集まってきた。それで野郎どももしかたなく退きさがったよ。危ないところだったぜ。それにしても、とんでもないじゃじゃ馬姫だよ」

「で、姫は今どうしている、八兵衛」

「退きさがったふりをして、遠くの木の上から一座を見張ってらあ。危なっかしくて、見ちゃいられねえ。徳さん、やめさせてくれねえか」

「ううむ。それは、なんとかせねばならぬな」

　とにもかくにも、小屋まで足を運んでみるよりあるまいと、家光は二刀を腰間に押しこみ、慌ただしく出かける支度をしていると、遅れて歯抜きの藤次やほろ酔いの彦次郎ももどってきた。

「いや、それより驚いたのは、女歌舞伎の座長だぜ」

藤次が、そう言ってまた話を始めた。

女歌舞伎は、出雲《いずも》の阿国《おくに》以来、男装の麗人ときまっている。

「刀を持ち、奇傾いた格好で踊るのであろう」

まだ見たことがないが、家光も女歌舞伎については噂を聞いている。

「そのとおりでさ。おれも香具師稼業を始めてから、もう十を越える神社で店を開いているが、いくつかの境内で女歌舞伎をやっていた。だが、あれには驚いたぜ」

「ちょっと、藤次。もったいぶらずにさっさとお話しよ。なにを見たんだい」

台所から騒ぎを聞いて出てきた女将が、駈けよって藤次をせかせた。

「それが女将さん。異人のような顔をしてるんだ」

「異人ですって？」

こんどは、お角を追ってきた、前掛け姿のおもとが訊きかえした。

おもとは、住みこみのはたらきで今では〈放駒〉の女が板についている。お角とは親子のように呼吸もぴったりである。

「そうさ。おもとちゃんも色白の別嬪《べっぴん》だが、そんなもんじゃねえ。日本人離れした色白美人なんだ。ありゃ、南蛮人か紅毛人の血が入っているな」

いつも口数の少ない虫売りのほろ酔い彦次郎が、よほど興奮しているのだろう、早口で言った。

「全部、南蛮人じゃないんだね」

お角が妙な言い方で訊ねた。

「全部じゃねえ。半分くらいだろうな。とにかく、その女が日本の言葉をしゃべるんだから、余計に驚いたぜ」

八兵衛が、彦次郎に相槌を入れた。

「それがよ。十字架の首飾りをしてやがるのさ。南蛮人がしてる、あれさ。禁制の品だろうと、お上《かみ》の目なんぞ、平気の平左のようだぜ。たぶん、女歌舞伎は皆あんな格好をしているんで、役人もお目こぼしなんだろうが」

「あれっ」

彦次郎が、店の表に目をやって声をあげた。

店の暖簾を分けて、黒羽二重の男装の女が入ってくる。

「噂をすれば、なんとやら。どこかの娘さまがお帰りだよ」

お角が、苦笑いして言った。

「徳ノ助さま」

鈴姫は、泣きべそをかいている。

「いつもの元気のいい姫らしくないな。話は聞いた。どうやら、鈴姫より気の強い女が世の中にはおるらしい」

「お戯れでございますか。わたくしなど、可愛いもの。あの女は、まことひどい剣幕でございました」

「その座長という女だな。だが、一座を束ねておるのだから、よほどのしっかり者であろう。名はなんという」

「瑠璃《るり》と申すそうにございます。あの女、いちど懲らしめてくださりませ。せっかく一座に加わると申しておりますのに、だめだ、だめだの一点張り、けんもほろろに追い出すのでございます」

「それではいたしかたあるまい」

「その女は一座の売り物は剣舞で、みな厳しい稽古を積んで大刀を振りまわしているのだとか。あたくしは小太刀と弓しか使えぬと申すと、それならなおのこといらぬと」

「はは、姫は武芸百般に通じていると思うていたが、たしかに剣術は小太刀であったな。小太刀と大刀ではおのずと扱いがちがう」

「まあ、徳さままで。ただ腹立たしいのは、妙な男が現れ、いきなり殴る、蹴るの乱暴狼藉。あれほど無礼な目にあったことは生まれてはじめてでございました。それゆえ、思わず脇差しに手を触れてしまったのでございます」

「どのような男たちであった」

「遊び人風の男でございましたが、どうも、ただの荒くれ者とも思えませぬ。武芸の心得がうかがえました」

「ああ、おれたちも鈴姫が男たちと言い争っているところを見かけたが、あの野郎ども、前に二刀差しだったことがありそうな身のこなしだったぜ」

辻歯医者の藤次が言葉を添えた。

抜く歯をまちがえるたびに浪人者に追い回されてきたので、相手が侍かどうかは勘でわかるらしい。

「帰らねば、腕の一本も切り落としてやるなどと。小太刀にはいささか自信がございましたが、さらにもう一人後から現れた浪人者がおり、立ち居振る舞いからかなりの腕達者と思えましたので、ひとまず引き退がりました」

「あらましはわかった。鈴姫には、よくはたらいてもらったな」

「いえ、お役に立ちませんでした。わたくしの見るところ、荒くれの一団は万段兵衛のところの者で、もう一人の凄腕は一座のものかと」

「なぜ、そう思ったな」

「かつて、辻歯医者の藤次がからまれた折に助太刀いたしましたが、その者らのなかに見た顔があり、もう一人の男は存じません」

「大事なことを知らせてくれたな。それにしても、女歌舞伎に万段兵衛のところの用心棒とは、妙な取りあわせだ」

「その女歌舞伎の一座は、かなり謎が多いな。こうなれば、別の手立てで潜りこまねばの」

「それで思い出しました。悔しいので境内の樹の上から様子をうかがっておりますと、いずこかの藩の侍が大勢、小屋に入って参りました」

「万段兵衛とのつながりから考えて、紀州藩の侍と思われるが、はて、女歌舞伎の小屋に、何用があるのか」

　家光が、顎を撫でながら首をかしげた。

「徳ノ助さま、さればここは私が、一座に潜りこむよりありますまい」

　徳ノ助の背後に控えていた丸目亜紀が、思いつめた口ぶりで言った。

女ながら、タイ斜流免許皆伝。浅草で道場を開いているが、女武芸者と軽んじられて門弟は少なく、〈放駒〉からも仕事を受け、このところ店に出入りすることが多い。

昨今は、昵懇の南町奉行加賀爪忠澄の頼みで、このところ十日に一度ほど奉行所の与力のために出稽古に行っているそうだが、今日がその日だったらしい。稽古道具を背負っている。

「そなたが……」

「お任せくださりませ。その任、私が適任と存じます。紀州公が背後で蠢《うごめ》いているとすれば、またよからぬ企てを立てているに相違ありません。女ながら刀術を鍛えてきたことが、こんなところでお役に立てば本望と存じます。江戸の民のため、また天下のため、あの者らの企み、打ち砕かねばなりませぬ。ぜひお役に立ちとう存じます」

「そこまで言うのであれば、頼むといたそう。八兵衛、小屋まで亜紀どのを案内してやってくれぬか」

「合点。へえ、亜紀さんが〈やや子踊り〉や剣の舞いをするなんて、こりゃァ、見物《みもの》だぜ」

「お恥ずかしうございます……」

亜紀は、うつむいて頬を紅らめた。

「それにしても、悔しうございます。あたくしが小太刀でなく、大刀を操ることができましたら」

鈴姫はそう言って、亜紀を一瞥《いちべつ》した。どうやら鈴姫は、亜紀に対抗心を燃やしはじめているらしい。

五

小屋を見張っていた八兵衛が、近くの茶店で待つ家光を呼びに来たのは、その日の七つ（四時）頃のことであった。亜紀が女歌舞伎に売りこみをかけ、その首尾を香具師の三人組がじっと小屋の外で見ていたのである。

鈴姫の例もあり、亜紀も同様に追い立てられ、乱闘となるおそれがあったからであった。

一刻の後、小屋から出てきた亜紀は、いつもどおりの淡々とした表情であったという。家光は小屋に近い松の木陰で亜紀と落ち合った。

「首尾はどうであった」

「なんとか一座に加えてもらえましたが、こたびばかりはひやりといたしました」

いつも冷静で感情を露《あら》わにすることのない亜紀が、めずらしく顔を歪めて首をすくめた。よほど、気の張る刻《とき》を過ごしたらしい。

ふたたび茶屋にもどり、熱い茶で体を温めた亜紀は、ようやく英気を取りもどし、小屋のなかでの一部始終を語りはじめた。

「怪しまれはしなかったのか」

「いえ、むしろ座長の瑠璃どのは、女どうしということで親しげに接して参りました。私の素性をねほりはほり尋ねられたので、ありのまま素性も包み隠さず話しました。ただ、側に寄り添っていた男が、ずっと不審な目を私に向けておりました」

「鈴姫の言っていた男だな」

「おそらく」

「その侍、どうであった」

「これはわたくしの女の勘でございますか、座長の情夫のような関係の男かと。座長も、この男はずっと一座にいると申しておりました」

「なるほど、身の上話まで始めたとは、よほどそなたに気を許したものだな」

「きっと孤独な人なのでございましょう」

「己の肌の白さ、眸《ひとみ》の青さを、常に不思議がられているのであろう」

「私は南蛮人の母と日本人の父との間にできた子だ、とも申しておりました」

「ほう、南蛮人の母であれば切支丹《きりしたん》か」

「切支丹で、看護人であったと」

「父は――」

「座長によれば、憶えておらぬそうにございました。母は鎖国によって帰国を命ぜられたものの、娘のため、ずるずるとこの国に居つづけ、ついには捕縛され、踏み絵をふまされ、拒んだゆえ死罪となったと申しておりました」

「憐れ。娘のためにこの国に残っただけであったのにな」

家光は、幕府が発布した禁教令が、過酷なまでに厳密に執行されている現実におののいた。

「そのため、この国をとても恨んでおるように思われました」

亜紀は、そう言って重苦しそうに顔を伏せた。

「何処かの藩の者は来ていたのか」

「今日は、姿が見られませんでした」

横で香具師の三人が団子を食っている。家光は亜紀のためにも注文した。

「して、そなたの身の上について、なにか訊ねられたのか」

「はい。町道場を開いており、時折口入れ屋の世話で、用心棒の真似事もしていると申しましたところ、それなら今後段兵衛を使うとよい、と言っておりました」

「女にしておくにはもったいない頭の切れだ。処世の術も心得ておる。このぶんなら、おそらく紀州藩とも繋がっておろうな。入座の審査のようなものはあったのか」

「素振りをせよと。それをじっと見つめておりました。黙ってうなずき、明日から来るようにと」

「それにしても、段兵衛とのつながりは深そうだ」

「そのようにございます」

「されば、今後紀州藩の者も姿を現そう。危ない役目だが、さらにしばらくつづけてみてくれぬか」

「おまかせくださりませ。女座長と紀州藩とのつながり、さらに調べてご報告いたします」

家光は、三人に駄賃を与えると、亜紀を誘ってそぞろ夜道を歩きだした。

茶店ではどこに誰の耳があるかわからない。

数日経って、立花邸で朝から明石一門の稽古を見聞している家光のもとに、男装の丸目亜紀が、花田虎ノ助とともに姿を現した。

紫の小袖に細い縦縞の袴が目にも鮮やかである。

仮設の稽古場もでき、力士は皆、雨露を気にすることなく、のびのびと稽古に勤《いそ》しんでいるのを、亜紀も虎ノ助も立ち止まって見物した。

「おお、亜紀。しばらく姿を見ぬので心配しておったぞ。一座には首尾よく潜りこんだようだな」

「はい。あの細面《ほそおもて》の浪人者が私の素性を怪しみ、ようすをうかがっておりましたが、私の剣がまぎれもないタイ斜流で、丸目蔵人の孫らしいとわかってようやく」

「そなたの剣が、タイ斜流とよく見抜いたな」

「あの者、剣の振り付けも行っており、なかなかの剣の腕と見ました。そなたの剣は、まぎれもなくタイ斜流、と申しておりました」

「その者は、何流を修めておるのだ」

「早乙女又四郎《さおとめまたしろう》と申す者で、同じ新陰流の流れを汲む、疋田陰流《ひきたかげりゅう》を修めたと申しておりました」

「疋田陰流なれば、タイ斜流とは近い。そなたの剣の筋はよくわかるのであろう」

疋田陰流は新陰流の祖上泉信綱の弟子疋田文吾《ぶんご》が始めた一流で、家光はだいぶ前になるが、御前試合で疋田文吾を見ている。柳生新陰流とはちがった技も多く、なかには目を瞠《みは》る技もあったことを憶えている。

「驚きましたことに、出入りの侍は紀州藩の者ではなく、伊達藩の者であることがわかりました」

「伊達家の家臣が何故……?」

「いぶかしく思い、今も様子を探っておりますが、時折、座長の部屋を固く閉ざし、なにやら密談を重ねております。それゆえ、なかなか内情はわかりかねます」

「だが、妙な話だ。万段兵衛は紀州藩によしみを通じてはおるが、伊達藩とはなんの関わりもないはず」

ちらと虎ノ助を見かえしたが、その間、虎ノ助はあまり関心がないらしい。ずっと相撲の稽古に目を輝かしている。

「独眼竜と南海の龍、それは重ならぬわけもあるまい」

相撲がよほど面白いのか、虎ノ助が、他愛もない冗談を言って顎を撫でた。

「つまり、両者はつながっていると言うか」

「おそらくな。帆船が縁ではないか」

あっけらかんと言うが、虎ノ助は虎ノ助なりに紀州藩と伊達藩との関係を深くうたがっているようである。

家光はつい先日、城中で姿を見かけた伊達政宗の老いた丸い背を思い浮かべた。

家光は、いわゆる伊達贔屓《びいき》である。

これまでも家光は、政宗をあらゆる機会に天下の副将軍と引き立ててきた。

政宗のいかにも戦国武将の生き残りといったその風貌も智略も、家光にとってはむしろ好ましいものであった。

とはいえ、それは家光の政宗観で、幕閣の間では危険な戦国大名とみなされている。なにを考えているかわからない、と不気味がられているのである。

野心家の政宗は、太閤秀吉や家光の祖父徳川家康からも警戒の目を向けられ、幾度となく謀叛の疑いをかけられてきた。

だが政宗はいつも間一髪《かんいっぱつ》、難を逃れて戦国を生き抜き、奥州の仙台に安住の地を築きあげたかに見える。

そうした老獪《ろうかい》な一面を含めて、家光の目は政宗を好ましく思い、そのようなわけで、ウマがあう。

家光は畏敬の念をこめ、いつも政宗を「親父殿」と呼んでいた。

だが、老いてなお、野心をたぎらせ、幕府に対して叛意を抱いているとすれば、問題は別である。

（しかし、親父殿にそのような野心が残っているのか――）

家光には疑わしかった。

仙台六十二万石、いや実高百万石ともいわれる大藩を相手どり、しかも西に紀州の頼宣を迎え討たねばならないとすれば、国をあげて大戦さとなろう。

これには虎ノ助も、そこまでのことを想像して、しだいに険しい顔になった。

「いざ戦さとなれば、南北から挟み討ちとなるだろうな」

家光は虎ノ助に言った。

「だが、紀州以西の西国大名に叛意はなかろう。頼宣どのが、どれだけ動けるか。それに、政宗殿がまた謀叛を起こすと決まったわけではない」

「とはいえ、少なくとも、家臣は動いているようでございます」

「そうなると、しばらく伊達藩の動きから目を離せぬぞ。さらに調べてみねばならぬな」

家光は、亜紀に向かってそう言い、しばし腕組みして考えこんだ。

「亜紀どの」

「なんでございましょう」

「南町奉行加賀爪忠澄に連絡をつけてほしい。一座の動きをそれとなく見張るよう頼んでみてはくれぬか。ただし、相手に気づかれぬよう、内々にな」

「かしこまりました。明日は奉行所への出稽古の日、加賀爪様にそうお伝えいたします」

「それと――」

家光は、虎ノ助にまた顔を向けて、

「その者らが伊達藩の者であれば、大目付の仕事となるが、大仰《おおぎょう》に騒ぎ立てたくもない。で、まずは芝居小屋に出入りする侍どもの後を尾《つ》け、小屋を訪ねる目的を探ってはくれぬか。多勢に無勢、気取《けど》られたら逃げて来い」

「かしこまってございます」

「面白くなったな。相手が伊達政宗なら不足はない。せいぜい働かせてもらうぜ」

虎ノ助は刀の柄をトントンたたき、にやりと笑って家光を見かえした。

第三章　女歌舞伎

一

神田明神は恒例の秋の祭で賑わっていた。大鳥居から本殿までの石畳に沿ってびっしりと露店が立ち並び、食べ物を商う女たちが耳ざわりなほど賑やかな声をあげて参拝客を呼びこんでいる。

すっかり盗人《ぬすっと》から足を洗った石川五右衛門《ごえもん》の曾孫たち三人も、香具師稼業がだいぶ板に付いてきたのか、櫛《くし》の歯のように並ぶ露店に混じって大勢の客を集めていた。

いつも酔ったような眼をしてぽかんと佇んでいるほろ酔いの彦次郎も、

「ええ、鈴虫、虫籠っ」

と、参道を行き交う客にちょっと活気ある声をかけている。

どうしたものか、子供たちにはウケがいいらしく、大勢の家族連れが子供にせがまれ彦次郎の店の前で足をとめていた。

その日、ぶらりと境内に足を踏み入れた家光は、八兵衛の暦売り、藤次の辻歯医者の店を順ぐりにめぐってきたが、けっきょくこの彦次郎の店がいちばん客を集めているのに驚いた。

「繁盛してるな」

家光が声をかけると、

「あ、徳さん」

とろんとした眼差しで、彦次郎が家光に微笑《ほほえ》みかけた。

「やる気がなさそうで、どうして商売上手ではないか」

「あまり売る気がねえのがいいのかもな」

そう言って、彦次郎はにやにやしながら後ろ首を撫でた。

「あ、お嬢ちゃん、キリギリス。いい声で鳴くだろう」

彦次郎が幼い娘に声をかけると、親がもう財布の紐を緩めている。

「子供に好かれる者に悪い奴はいないというが、元が盗人とはいえ、おぬしも根は善人なのだろう」

「そうかね。おれにァ、わからねえ」

彦次郎は笑ってうつむいた。

「ところで、この境内に女歌舞伎の一座が舞台をつくっていると聞いたが」

「ああ、あそこだよ」

境内の一角の人だかりを彦次郎が指差した。筵旗《むしろばた》をつないだだけのような小屋掛けだが、そのなかが女歌舞伎の舞台と客席になっているらしい。

役者の名を連ねた幟旗《のぼりばた》、簡素な矢倉も立ち、それなりに芝居小屋の体裁《ていさい》がととのい、盛況のようである。

見れば木戸番が立ち、入場札を売っている。

年格好は四十をとうに越していそうだから、死んだ百蔵の父と同年配と見えた。

（あ奴が、姿を消した船大工の源次かもしれぬな……）

そう思った家光は、彦次郎に別れを告げ芝居小屋に近づいていった。

「混みあっているようだな」

木戸番に声をかけると、

「生憎《あいにく》だな、立ち見だよ」

気のなさそうな返事がかえってきた。

「源次さんじゃないかね」

「えっ」

男は、不審な眼で家光を見かえし、

「おれァ、ちがうよ」

首を振った。

「源次に用なのかい？」

「ああ、昔の遊び仲間だ」

家光は、手をあげてサイを振るまねをした。

「へえ、あいつは妙な男だったぜ。侍にやたら知りあいが多い」

「侍に……？」

「ああ、紀州藩の侍がよく来るが、もともとはあいつがひっぱって来た」

「で、源次は今どこにいる」

「知らねえ。何処かに消えちまったよ」

「消えた――？」

「ついこないだのことだ、座長と揉めちまってな。ぷいと飛び出しちまったのよ。おかげでおれが貧乏籤《びんぼうくじ》を引いちまった。木戸番なんぞ、金勘定ばかりで面白くもなんともねえ仕事だ」

「その女座長だが、今舞台に出ているのか」

「ああ、ひと目見てえというお客さんで連日の大盛況だよ」

「それほどの美形か」

「そりゃあな、あの顔だ。色白でちょっとだけご面相がちがうってわけよ」

「なに、南蛮人の血でも入っているのか」

「とびっきりの白い肌でな。目もくっきりとしてよ。そりゃ、いい女だぜ。といっても、おれなんぞ、相手にもしてくれねえが」

「それは、ぜひ見たいものだな。だが、立ち見はいやだ」

「そうだろう。立ち見じゃ、人の背中ばかり見てることになる、だがよ」

木戸番は、ちらと家光のようすを見かえして、

「地獄の沙汰もなんとかって言うだろう。ほら……」

下世話《げせわ》に微笑みかけた。

家光のようすから、懐具合のいい客と見たのだろう。

「なにね、時々お偉いお方が見にいらっしゃるんで、余分な席をとってある。今日は見えてねえから、回してやってもいいぜ」

「よし」

家光が懐から財布を取り出すと、

「だが、うんと高いぜ」

木戸番は財布の膨らみ具合に目をやり、上目づかいに家光を見てふっかけてきた。

「四分ほどもらうぜ」

「ほう四分か」

「高いかい」

「いや、安い」

家光が一分金四枚を木戸番の掌に乗せると、男は損をしたという顔で家光を小屋の内に案内した。

小屋のなかは、立錐《りっすい》の余地もない混みようだが、舞台手前に桟敷《さじき》席が切ってあり、その舞台正面の最前列が空いている。

「ほう、いい席だな」

木戸番にもう四分を与えると、愛想笑いして男は立ち去っていった。

舞台では、女たちの演技が佳境に入っているところであった。

女歌舞伎も、伝説の出雲阿国の頃は奇傾いた身なりの男装の女たちが音曲に合わせて手足を突き出して踊る〈やや子踊り〉が中心であったが、昨今は能狂言のように筋立てのある芝居も演目に加わっているようである。

といってもごく簡素なもので、色里を訪れた男が女にもてるといった話らしく、中央の男役に数人の女がからんでいる。

家光は、舞台のその男役に目を奪われた。

木戸番の男が言っていたように、本邦の女とはまるで顔の造作《ぞうさく》も肌の色もちがう女である。

これまで、家光も江戸城で多数の和蘭《オランダ》商人を謁見したが、女人を見たのは初めてであった。日本人の血が半分入っているとはいえ、明らかに姿かたちは日本人ではない。

やがて舞台はすすみ、赤鞘の長刀を持った女たちが揃って踊る恒例の〈やや子踊り〉に移っていった。

赤児を真似て奇声をあげ、飛び跳ね踊り狂う風変わりなものだが、剣舞も入ってなかなか見応えがある。

と、家光は異人風の女がしきりに家光に眼を向けてくるのに気づいた。

それはそうであろう。舞台正面の貴賓席でゆったりと舞台を見あげる家光の姿は、いやがおうでも舞台から目に入る。

初めは警戒する眼差しであった女も、ようやくそれなりに家光の人柄がつかめたとみえ、うちとけて微笑みかけるようになった。

「おや、そこにいい男がいるよ」

女が、踊りながら家光に声をかけた。

「私か」

「そうさ。いい男なんて、そうざらにいるもんじゃないからね」

客席から、わっと喝采が起こった。

「舞台に上がって一緒に踊らないかい」

「やや子踊りは知らぬ」

「いいんだよ。見よう見まねでやってるうちにすぐに憶える」

踊っていた女たちが舞台から降りてきてわっと騒ぎながら家光の腕を取ると、舞台に引いていく。

「ヨッ、色男ッ！」

「羨ましいぜッ！」

客席のあちこちから野次が飛んだ。

女が目くばせすると、舞台袖の音曲《おんぎょく》の女たちが、三味《しゃみ》を鳴らし、太鼓をたたきはじめた。

こうしたことの大好きな家光が、見よう見まねで踊りだせば、けっこうさまになる。

「うまいもんだぜ」

客席から、また野次が飛んだ。

「お客さん、なんて名だい」

女座長が、踊りながら家光に問いかけた。

「徳ノ助、葵徳ノ助という。そちは」

「あたしは瑠璃」

「瑠璃か、眩いほどのよい名だ」

「まあ、嬉しい」

瑠璃が家光の腕に絡みつき、頬を寄せてくる。

客席から、やんやの喝采が起こった。

「じゃあ、後でね」

瑠璃は、やがて離れていった。

入れ替わって別の女が家光に絡みつき、頬を寄せて去っていく。

そのたびに、またやんやの喝采が起こった。

ようやくやや子踊りが幕を閉じると、家光はぐったりと疲れ果てて席にもどった。

二

「いかがでございますか」

舞台がはねると、ふたたび木戸番が近づいてきた。

男はさっきとはうって変わって、揉み手をしながら家光に愛想笑いを向けてくる。

「なかなかに面白い舞台であったぞ」

「それでは、いかがでございましょう。女たちがご挨拶したいと申しておりますが」

「ほう、それはいい。どこに行けばよい」

「ご覧のとおりのほっ建て小屋で、これといった座敷もございませんが、よろしければ」

「一向にかまわぬ」

「それではこちらに」

木戸番は恐縮しながら、家光を舞台裏の部屋に案内した。

かつらや衣装など小道具が散乱する大部屋である。色の変わった煎餅蒲団《せんべいぶとん》をあてがわれてぽつんと待っていると、舞台で一緒だった女たちが、どっと部屋に雪崩《なだれ》こんできた。そのなかに亜紀の姿はないかと見まわしたが、女たちのなかにはない。

女たちは家光の両袖に群がり、競うように徳利の酒を盃に注いだ。

「葵さまは、どちらの葵さま？」

眉を太く描いた唇の紅い女が家光に訊いた。

「葵は葵だ。どちらの葵もあるまい」

「いいえ、そうじゃなくて。葵さまっておっしゃるんだから、徳川さま縁《ゆかり》のお方かと思って」

別の女が、家光の差料《さしりょう》をじろじろ眺めている。

「ご立派なお刀。葵のご紋だから、本当の徳川さまかも」

女は、覗きこむように家光を見つめる。

「いや、私は貧乏旗本の三男坊だ。冷や飯食らいの部屋住さ」

「それにしては、けっこうお大尽そう。たいそう気前のいいお方と、木戸番が言ってましたよ」

すがりついたもうひとり、幼な顔の女が言う。

「これは愚か者の旗本が、親父が戦さの恩賞でもらった刀を質《しち》に流してしまったものだ。東照大権現に対し、とんでもない不敬ゆえ、私が慌てて買いもどした」

「へえ、そう」

とっさに口から出まかせを言ったが、女たちはそんなものかと、二杯めの酒を盃に注いだ。

「いや、有り金をはたいてあの席を買った。評判の踊りが見たいばかりにな」

「まあ、ほんとう？」

女たちが、顔を見あわせてから、また家光にすがりついた。

「葵さま、あたしたちのうちで誰がお好み？　うちの踊り子、ほんとうは踊りだけじゃなくて、いろいろなことをするのよ」

「いろいろなことか」

「無粋な男《ひと》、それを女のあたしたちに言わせるの」

眉の太い唇の紅い女が、しなだれかかってくる。

「あたしたち、女歌舞伎は河原者《かわらもの》なんて言われて、いつも蔑《さげす》まれてるんですよ」

「そうだったな」

「でも、生きていかなきゃいけないのさ」

口々に女たちが言う。

「それで、踊り以外にもいろいろするわけだな。されば、後日ゆっくりそちらも愉しませてもらうとして、今日は喜捨《きしゃ》だけさせてもらおう」

家光は懐から小判を数枚取り出し、一両ずつ女たちの懐にねじこんだ。

「まあ、こんなに」

女たちが、いっせいに嬌声《きょうせい》をあげた。

「その代わりといってはなんだが、昔の遊び仲間を捜している。源次といってな、この木戸番をしていた」

「まあ、あの木戸番の源次さん」

「ここに来たのは、久しぶりにあいつに会いたくなったからもある。だが、もういないそうじゃないか」

「ええ」

茶目っ気のある女が、申しわけなさそうに隣の女と顔を見あわせた。

「なぜだ」

「それが、座長とこれしてしまって……」

女が人指し指で×をつくった。

「木戸番から聞いたよ。いったいどうしたのだ」

「なんでも、あの人、座長のお袋さまと顔見知りで、その縁で近づいてきたらしいの。そのお袋のことで、口論になったとか」

「あの人は、南蛮人と日本人の間にできた女だと見たが」

「ええ」

茶目っ気のある女が言った。

「ということは、座長のお袋さんは南蛮人ということになるな」

「そう、なんでも修道女で看護人をしていたらしい」

童顔の女が言った。

「看護人か。つまり、南蛮人の医師に付いて日本に来たのだな」

「エスパニアの修道会のお医者さんに付いてきたそうで、しばらく仙台に行ってたということですよ」

「仙台か。伊達様の領内だな」

「ええ、あの木戸番の源次さんは、昔は船大工で伊達さまのお船も造っていたそうだよ」

髪の長い年増《とします》の女が言った。

「仙台まで行った船大工と看護人とは、妙な取り合わせだ」

「ほんとうに」

若い娘が、相槌を打った。

「ときに、おれが座っていたところは特別の席のようだが、どのようなお偉方《えらがた》が来るのだ」

女たちが乱暴に注いだ盃の酒を、旨そうに迎えにいきながら家光が訊ねた。

「めったにいらっしゃいませんが、最近じゃあ、久々に江戸に上がってこられたご藩主さまも」

「ほう」

「たとえば、紀州さま」

「紀州といえば、徳川頼宣公か」

「あたしたちには、よくわからないけど、恐い顔をした殿様で、ご家臣を大勢連れてくるようですよ」

「そうそう。あのお殿さま、木戸番の源次さんが連れてきたって話ですよ」

「まあ、ほんとうに？」

女たちが、家光を放って噂話を始めたところに、部屋の入り口に女の人影がある。

入って来たのは、すっかり化粧を落としたすっぴん顔の瑠璃であった。だが、かえって色白肌が家光の目にまばゆい。

「あんたたち、明日の稽古があるんだろう」

瑠璃が、女たちの尻をたたいて追い払うと、

「ようこそ、お越しくださいました」

あらためて両手をつき丁重に挨拶をした。

異人の顔をもつ女が、丁寧に三つ指をつく姿はどこか奇妙である。

「ほんとうにお待たせしてしまって……」

家光のすぐ脇に移ると、瑠璃は熱い吐息とともにしなだれかかった。

「よい舞台であった。いにしえの出雲阿国の噂は話に聞いていたが、そなたのものもおそらくけっして劣るまい」

「お褒めにあずかり、嬉しうございます。ただ、女歌舞伎は風紀を乱すと、お上《かみ》がうるそうございます。いずれ女歌舞伎の灯が消えるのではないかと案じております」

「なに、大丈夫だ。話のわかるお方も、徳川家にはきっといよう」

「でも、徳川は大嫌い。切支丹の教えを禁教としたばかりか、鎖国までしてしまったんだから」

「そうか。異人を母に持つそなたには、さぞや辛かったであろうな」

「おやさしいお言葉。葵さまはどちらの葵さま？」

「さっきも、それを訊かれた。貧乏旗本の三男坊だ」

「じゃあ、これからもご贔屓になっていただけます？」

瑠璃は、蠱惑的《こわくてき》な眼差しで家光を見かえすと、

「ちょっと、お待ちを」

やおら立ちあがり、部屋の隅からギヤマンの酒瓶《びん》に入った葡萄《ぶどう》の酒とグラスを盆に乗せて持ってくると、家光の前に盆ごと置いた。

「なにもないけど、今日は差しつ差されつ」

しなだれかかるようにして体を預け、葡萄の酒を家光のグラスに注ぐ。

「そなたには、やはりこうした酒がよく似合うな」

「まあ、でもこんな顔はしてますけど、心はれっきとした日本の女」

「そうであろう。だが、それだけの美貌だ。贔屓筋はそうといような。おれは何番めになる」

「さあ……」

瑠璃は妖しく笑って、家光の胸に指を差し入れた。

家光は薫りを嗅いでから、葡萄の酒を口に含ませてころがしながら喉の奥に流しこんだ。

「いい飲みっぷり。葡萄のお酒の飲み方、よく知ってらっしゃる」

「この一座は、諸国を廻っておるのか」

「はい。北は奥州から西国は薩摩《さつま》まで。旅に明け暮れております」

「なるほど。されば各地の諸大名に呼ばれることもあろう」

「それは、ほうぼうで」

「どこの国が好きだ」

「あたしは、紀州が大好きでございます。ことのほか海が明るく、気候もおだやか。それに、広いその海が、遠く母の故郷イスパニアまでつながっていると思うと、なんだか心がやすらぎます」

「されば、紀州の殿様もご贔屓か」

「はい。贔屓にしていただいております」

瑠璃は、ちらと家光を盗み見て言った。

「だが、紀州藩は御三家のひとつ、徳川だぞ」

「でも、あのお殿さまはちがいます。徳川の御宗家が大嫌い、いずれ倒してやるなどと、うそぶいて」

「ほう」

「豪放磊落で、しかもよく頭の切れるお方。南蛮風の軍船を造るのに情熱を燃やしておられます」

「帆船か」

「自分で帆を操り、イスパニアまで航海してみたいと言っておられました。そのときは、言葉がわからぬゆえ、あたしに案内を頼むと」

瑠璃は嬉しそうに言ってから、家光を見かえし、

「妬《や》けるかしら……？」

「うん、ずいぶんと妬ける」

「それじゃ、うんと妬かしてみたい」

瑠璃はそう言って、二杯めの葡萄酒をグラスに注いだ。

「イスパニアの言葉、今でも憶えているのか」

「もうすっかり忘れちまいました。でも、あたしの幼い頃、母が一生懸命教えてくれたのを、今でもはっきり憶えていますよ」

「そうか、それはよい思い出だな。私は母に恵まれなかった」

「まあ……」

瑠璃は険《けわ》しい眼差しを家光に向ける。

「弟ばかりを可愛がる母でな。その代わり、乳母が私をとても大切にしてくれた」

家光はふと悲しい気分になってうつむいた。

「乳母だなんて、あたしなどにはとても縁がないけど」

「そうであろうな。そなたの父は」

「父は知りません……」

今度は瑠璃が黙りこんだ。

「そなた、どこで生まれたのだ」

「仙台」

「源次も、仙台に行っていたと言っていたな」

「あら、源次とお知りあい？」

「博打仲間だった」

「まあ」

瑠璃は、また意外な顔で家光を見かえした。

「源次は、そなたの母を知っていたのか」

「怪我をして介抱をしてもらったことがあると言ってましたよ。南蛮人は、近くに寄るとよい香りがしたと。でも、葵さまは、なぜそんなことまで」

「当の源次から聞いた」

「ああ、源次から」

と、部屋の外に人の気配があって、

「瑠璃はどこだ」

荒々しく捜しまわる男の声がある。

「ここだよ」

瑠璃が応じると、ぬっと部屋に顔を出し、なかを覗いたのは細おもての青白い顔の侍であった。月代《さかやき》を伸ばし放題にし、鬢《びん》もだらしなく乱れているところを見ると、長い浪人者暮らしが板についているらしい。

男は憮然として、家光を見た。

「この人は、うちの一座のもんでね。立ち回りの振り付けをしてもらってるんですよ。早乙女又四郎っていう者です」

「そうか。よしなに」

家光が一礼すると、男はふてくされたように軽く頭を下げた。

「又四郎。この人はね、葵徳ノ助さんとおっしゃるんだよ。博打仲間の源次を訪ねてきたそうだけど、女歌舞伎が面白いと飛び入りで舞台にも上がって一緒に踊ってくださったよ。これがね、もう大ウケさ。これからご贔屓になってくださるそうだよ」

「よしなに頼む」

家光は、また又四郎を見あげて言った。

「だがおぬし……」

又四郎は、不思議そうに家光を見つめた。

「どこかで会ったような気がするが……」

「はて、どこで会ったかの」

家光は顔を背けた。正体がバレてしまえば、これまでの努力も水の泡、ひと暴れして帰らなければならなくなる。

「どこで会ったという」

「数年前、おれは御前試合に出たことがある」

「ほう、あの折にはおれも出た」

「なに、おまえもか」

又四郎は、仲間意識を持ったのか、急に親しげに家光を見かえした。

よほど剣に情熱を注ぎこんでいるのだろう。それに御前試合に出ていたところをみると、かなり腕が立つらしい。

「あの折は、花田虎ノ助や丸目亜紀も出場したな」

「よく憶えておるな。懐かしい。虎ノ助とは、以来酒を汲みかわし、よく剣談に興じたものだ。しばらく会うておらぬが」

虎ノ助の友人であれば、そう悪い男ではなさそうだと家光は思った。

「されば、おまえは何流だ」

又四郎が訊いた。

「柳生新陰流と小野派一刀流を少々やっておる」

「そうか。おれは疋田陰流だ」

なるほど、亜紀の報告のとおりである。

「それは奇遇だな。まあ座れ」

家光が手招きすると、家光の脇に腰をおろした。

ようやく又四郎が家光にうちとけたことに安堵して、瑠璃は二人を見くらべた。

「この人はね、もう何年も一緒だったからいつ知り合ったかもすっかり忘れたけど、そういえばその御前試合の後で知り合ったんだね」

瑠璃は、あらためて眼を細めて又四郎を見つめた。

「そうであったかの」

又四郎は、冷やかな口ぶりで言った。

「この人はね。あたしの情夫《いろ》なのさ。なぐさみ者さ。でも、嫉妬深くてね。あたしが他の男と話してただけで、すぐ様子を見に来る」

「はは、それは羨ましいな」

「おれはもはや、ただの座付きの殺陣師《たてし》にすぎぬ。この女は、万段兵衛のところに入りびたりだ」

「なに、妬くんじゃないよ。口入れ屋さんとして芝居のためにおつきあいしているだけだよ」

瑠璃は、又四郎に半身を預けると、膝をつねった。

又四郎は、ふと家光の大刀に目を走らせている。

「おまえの刀はなにゆえ、葵の定紋が打ってある」

「なに、これは質流れの品だ」

「戯《ざ》れ言《ごと》を言うな。徳川家拝領の刀を、質に入れる者がどこにおる」

「ま、たしかにそれは戯れ言だ。じつは徳川は徳川なのだが、格ははるかに下の一門だ」

　家光は、咄嗟《とっさ》に嘘をついた。

　この男には、おとぼけは通用しない。

「えっ」

　瑠璃は険しい顔で家光を睨んだ。

「じゃあ、誰だっていうんだい、又四郎」

「わからぬ。将軍家のお血筋とまではいかずとも、御三家ご一門のいずれかの藩主か親類であろう、そうであろう、おぬし」

「じつは、四国高松の松平家の三男坊だ」

「松平も、徳川も同じだろう。もしそうなら、あたしの仇じゃないか」

「瑠璃、私はそのような身分の者でない。だがそれを言うなら、紀州の徳川頼宣公も徳川ではないか」

「あの人は別だよ。徳川を倒す、切支丹を認め、国を開くとおっしゃっている」

「どうするのだ、瑠璃」

　又四郎が、とっさに刀をつかんで膝を立て、瑠璃の指示を仰いだ。

「殺《や》っておしまい、又四郎」

「わかった。すまぬな」

又四郎が刀を抜き払い、いきなり斬りつけてきたのと、家光が後方に崩れて転びながら逃れたのと、ほとんど同時であった。

又四郎の白刃からかろうじて逃れた家光は、筵旗を連ねただけの粗末な小屋を突き破り、外に飛び出した。

又四郎が、すぐに追って飛び出してくる。

「又四郎、虎ノ助は花川戸の〈放駒〉におる。訪ねて参れ。それと、御前試合に負けたからと言うて、腐らずにもういちど挑戦してみろ」

後方からの真っ向上段の打ちこみをかわし、家光が又四郎に向かって叫んだ。

「うぬに指図は受けぬ。剣など、もはやどうでもよい。太平の世に、剣がどれほどの役に立つ」

「さて、それはわからぬ。だが、虎ノ助も亜紀もしっかり剣の道を支えに生きておる」

「黙れッ！」

又四郎はふたたび一撃を加えると、立ちどまり飛び退いた家光をじっと見つめた。

「さらばだ、又四郎。また会おう」

家光はそう叫んで身を翻すと、遠巻きに争いを見ている群集のなかに飛びこんでいった。

（危ないところであった……）

家光は、境内の石段でもう一度芝居小屋を振りかえり、冷や汗をぬぐって、また足早に駈け下りていった。

三

それから数日後、立花邸で激しい荒稽古に見入る家光のもとに、船手奉行の向井将監忠勝がひょっこり訪ねてきた。

「やっておりますな。いやはや、力士が正面からぶつかるさまは、大船どうしの船戦さにも比すべき荒々しさでございます」

「そちも、相撲が好きか」

「むろん、三度の飯よりも」

忠勝は、にこりと笑って家光の隣に腰を下ろした。

「それより、忠勝。このようなところにいったい何用だ」

「じつは、上様のお耳にぜひ入れておきたいことができました」

「待て、忠勝」

家光は、忠勝の袖を引き慌てて黙らせた。

「私は、ここでは葵徳ノ助という旗本の次男坊ということになっている」

「そうでございましたな」

「人の目がある。まずは、客間に参れ」

家光は向井忠勝を伴うと、すっかり勝手を知った立花邸の玄関で下足を脱ぎ、長い廊下をぬけて客間に入った。

ここは、普段は力士の溜まり場になっている。

「まあ、座れ」

家光は、自ら力士のために置かれた徳利の酒を向井忠勝に勧めた。

こうした荒々しい酒の愉しみ方がこの男には似合うと思ったのである。

「これは、上様直々に」

忠勝はしきりに恐縮しつつ、大徳利を茶碗に受けた。

つまみは、大ぶりのするめである。

「これ、やめよと申したであろう。私は葵徳ノ助だ」

「さようでございました。それでは葵様、我が手の者が調べあげたること、さっそくご報告申しあげます」

「なにがわかったのだ」

「じつは、逐電《ちくでん》した船大工源次の行方を追っておりましたわが手の者が、大坂におる知人の船大工のもとに立ち寄ったことをつきとめましてございます」

「よくやった。それは、いつのことだ」

「いささか旧聞《きゅうぶん》に属し、はや三年前のことになりまするが、その折、紀州様の仕事を請け負っていると誇らしげに語っていたとのことでございます」

予期していたとはいえ、家光は小さく唸って忠勝を見かえした。

外洋船建造のための知識を持つ源次が紀州藩に雇われたとなれば、当然のことながら南蛮船づくりを依頼されたものと思われる。

「三年前であれば、その船、とうに完成しておるであろうな」

「それが江戸湾に出没する黒船かもしれませぬな」

「これは由々しき事態だ」

「さらに、源次には協力者がおり、昔大船を造った仲間と申しておったそうにございます」

「さすれば、その者が伊東にもどったというもう一人の男かもしれぬぞ。サン・ファン・バウティスタ号の建造に手をかした三人の船大工のうち、二人までもが紀州藩方に落ちたとすれば、ますます由々しきことだ」

「さようにございます。ただ、いまだ彼《か》の大船に比する船はできておりませぬところを見れば、さすがの二人の名工も、絵図面がなければあの大船は建造できぬものとも思われます」

「そうであればよいが」

「しかし、いまひとつ解《げ》せませぬのは、我が手の者が見た女歌舞伎の木戸番でございます。その男が江戸にいるということは、紀州を去り、江戸にもどってきたことになりまする」

「仲間割れでもしたか。役立たずと追い払われたか。まずは、その男を捜し出したいものだ。事情が聞けるかもしれぬ」

「絵図面の片割れを持っているやもしれませぬ」

「そうだな」

「伊達藩に残った伝蔵のものがあれば、その三つが合わさり、絵図面は完成いたします」

「そう深刻になったところでしかたがない。まあ、飲め」

家光が大徳利を向けると、

「そうでありました。手土産でございます」

と言って忠勝は懐から油紙に包んだ干物をとりだした。

「魚はまちまちでございますが、いずれも江戸湾で獲れたものにございます。すでに火で炙っておりまする」

「ほう」

まずはえいのヒレを裂いて口に入れればやわらかい。

「ところで、百蔵が所持していた絵図面の片割れは今いずこにござりましょう」

茶碗を持つ手を休めて、忠勝が訊いた。

「安心いたせ。おれが保管している。叔父上の手に渡ることはまずあるまい」

「先ほどの話のつづきでございますが」

「なんだ、言うてみよ」

「三枚のうち二枚があれば、船ができぬわけでもござりますまい。伊達藩には、二十年前建造を手伝った船大工が残っております」

「そち、何を考えておる」

「ここは、伊達藩がどう動くかでございましょう。紀州公と政宗の二匹の龍が組めば、サン・ファン・バウティスタ号に比すべき大船も建造は可能かとも思われます」

「それはそうだが……」

　家光はじろりと忠勝を見かえした。

「もし、紀州様に謀叛のお心があり、伊達政宗に老いの蛮勇が残っておいでになるなら、由々しき事態が考えられましょう。その新造船に、もし最新の大砲が積みこまれ砲撃されれば、我が天下丸といえどかないますまい。制海権を握られてしまえば、この国の海は紀州公と伊達政宗のものとなりまする」

「ふむ、それはそうだが。余が懸念しているのは、むしろ政宗殿ではなく南蛮勢だ」

「それは、まことにそのとおりかと存じます。はて、紀州様は今、南蛮諸国に渡った牢人どもをしきりに掻き集めておられます。その者らを通じて、フィリピン、いえ本国イスパニアと接触を計らぬともかぎりませぬ」

「ありえぬことではなさそうだ。そこでそちに訊ねたい」

「なんでございまする」

「他でもない。二十年前のあの大航海のことじゃ」

　家光は胡座《あぐら》を組み直し、前のめりになって、忠勝の茶碗に新たな酒を注いだ。

「飲め」

「いただきまする」

忠勝は、家光の酌んだ酒を一気に飲み干して、主を見かえした。

「イスパニアに向かった伊達の大船には、おぬしの手の者も水夫として乗りこんでいたと聞く」

「さようにござります。およそ百名が乗りこんでおりました」

「百名か――」

「あの折には、政宗殿の遣欧使節派遣に不審を抱く者多く、家康公もご内命で多くの目付を付けましてございます」

「そうであったか。私が野心家の親父殿の立場であれば、徳川の天下を覆すため、南蛮勢力の手を借りて海から徳川勢を攻撃するであろう」

「そのような方を、親父殿と申されては……」

「よいのだ。私と政宗との間はそのようなもの。まして今の政宗殿の話ではない。二十年前といえば、豊臣家との最終決戦が日に日に迫っておった。今にして思えば、親父殿があれだけ遣欧使節に熱心であったのは、大坂決戦に備えてのことではないかと思う。おそらく親父殿は、大坂方に通じ、われらを挟み打ちにするつもりであったのではないか」

「そこを、大御所は疑われておられたのでございましょうな」

「ただ、大坂の陣は早々と決着がつき、南蛮諸国も安易には親父殿の計略には乗ってこなかった。企みは、成就せずに闇に葬られたのであろう」

家光は、時の彼方の丁々発止《ちょうちょうはっし》の智将の駆け引きを面白そうに回想した。

「されば、親父殿の夢を、南龍公が受け継ぎ、南蛮勢と組んだとしたら、南北両軍に挟まれたうえ、さらにイスパニアに大砲を撃ちこまれ、幕府軍は海の藻屑《もくず》となろう」

家光と忠勝は、ほろ苦い酒をグイと飲み干した。

「忠勝、伊達藩の動き、さらに調べてみてはくれぬか」

「さっそくに」

「さて、すべては親父殿ということになった。叔父上は、おそらく甘い条件を付けて伊達藩を仲間に引きこもうとなされよう。親父殿がそれに応じるやいなや」

家光は、あるまいとは思う。いや、そう信じたかった。

「上さま――」

家光の背後で若い娘の声があった。

またもや鈴姫が、二人の話を立ち聞きしている。

「そなたは、どこからでも現れるな」

「猫のように申されますな。ここは我が屋敷でございます」

鈴姫が、頬を膨らませた。

家光は、苦笑いして忠勝と顔を見あわせると、

「なるほど、当屋敷は忍びの館のように抜け穴がいくつもあるようだ」

忠勝も鈴姫をからかうように言った。

「鈴姫の見るところ、伊達さまはもはや齢《よわい》七十。天下取りの野心はもはや捨てられて無いものと存じます」

「鈴姫は、そう見るか」

「はい。わたくしは、これで老人の心がよくわかります。伊達さまには四国宇和島《うわじま》にご分家もあり、ご子息忠宗《ただむね》さまもすでに大きくなられておられます。まずはお家の安泰を考えられましょう」

「なれば、なぜ紀州藩に与《くみ》する万段兵衛に接近しておる」

「これは、わたくしの勘にすぎませぬが……」

「なんでもよい。思ったことを申してみよ」

「もしや、脅かされておられるのでは」

鈴姫はそう言って、うかがうように家光を見た。

「なんと言う」

家光が、驚いて向井忠勝と顔を見あわせた。

「この企みを知っている当時の船大工を多数召し抱えられておられるというお話、秘密を外にもらしたくないお気持ちが伝わって参ります。おそらく、そこを紀州様に脅されておられるのでございますまいか」

「脅される、あの親父殿が……?」

「伊達様は、往年の独眼竜ではございますまい。むしろ伊達さまは、御家のため、かつて秘かに西方に通じ南蛮艦隊を呼び寄せ、徳川家に反旗を翻そうとしたことを、お墓まで持って行かれたいはず。そこを突かれ、脅かされているのではありませぬか」

鈴姫は、自分の推測に酔うような口ぶりでそう言うと、家光をふたたび見て反応をうかがった。

「うむ、それはたしかにありうるかもしれぬ」

家光は、親父殿贔屓がすぎて冷静な目を失いかけていたと気づかされた思いだった。

「それは、考えてもみなかったな、姫」

「されば、家光さまはまず伊達さまをお許しになることが第一。戦国大名は、その昔は、皆一匹狼でございました。そうでなければ、あの食うか食われるかの過酷な戦いの日々を勝ち抜いてくることなどできませぬ」

「そうだ。私は政宗殿の一匹の竜にも似た、そうした誰にも屈せぬ剛胆な男気にかぎりない魅力を感じていたのだ」

「さようでございます。政宗さまも、またそうした家光さまを我が子のようにかわいがっておられました。英雄は英雄を知るということでございましょう」

忠勝も黙ってうなずいている。

「されば、そのあたりのこと、直接親父殿に確かめてみようか」

「どうなされるのでございます？」

「なに、親父殿とは会おうて話してみるだけだ。相撲もとった仲だ。話せばわかる」

家光は、にやりと笑って鈴姫を見かえした。

「こたびは相撲はとらぬが、知恵相撲で競ってみたい」

「それでこそ、家光さまでございます」

鈴姫も目を輝かせて、忠勝とうなずきあった。

四

駕籠の小窓を開け、町の景色を眺めながらゆく。

向井忠勝が帰ってしばらくして、丸目亜紀が立花邸を訪れた。

芝居小屋に溶けこみ、一座の者にも受け入れられつつあるという亜紀であるが、一座の動きが手にとるようにわかってくると、こと今日の座長と又四郎の動きが妙だというのである。

ひそひそ話を重ね、

——殺《や》る、殺らない、
で、もめているという。

「誰を殺るというのだ」

「それが心配ゆえ、駈けつけて参ったのです」

「それでは、殺る相手はこのおれというわけだな」

「あるいは」

亜紀は心配顔で家光を見かえした。

「殺ると騒いでいるのは誰だ」

「座長でございます」

「まだ怨みを捨てきれぬか」

家光は唇を歪めて、苦笑いをした。

「今日はお早めにお帰りになった方がよろしいかと思います。館から早駕籠でお帰りなされませ。私もご一緒いたします」

「うむ、そこまでのことはあるまいが、万一のこともある」

そう言って立花家の用人に駕籠の用意を依頼させると、二人は急ぎ駕籠の人となった。

西空が茜色に染まり、沈みかけた夕陽がそれでも名残《なごり》を惜しむように屋敷町の土塀の陰からいくどか顔を見せていたが、浅草田原町《あさくさたわらまち》あたりにさしかかった頃にはすっかり姿を隠し、夜の帳《とばり》が降りてしまっていた。

と、家光を乗せた駕籠舁きの足がぴたりと止まった。亜紀の乗った駕籠も止まったらしい。

「どうしたのだ、駕籠舁き」

家光が声をかけたが、返事がない。

ややあって、いきなりけたたましい駕籠舁きの悲鳴が聞こえ、どこかに走り去ってしまった。

「すぐにお駕籠をお捨てください！」

亜紀の声が夜陰に轟いた。

家光が、とっさに刀をつかんで駕籠から飛び出した。

そのとき、家光の右腕に鈍い傷みが走った。

前方をうかがえば、闇のなかに小さな灯りが点《とも》っている。

ぶら提灯の灯りであった。

その灯りに照らされて、狐の面を着けた人の姿があった。人影が白く浮かんでいる。

「闇討ちにござります」

亜紀が駈け寄ってきた。

「何奴ッ！」

家光は、刀の柄に手をかけたが、すでに手がしびれて刀を抜くことができない。

「吹き矢にございます。危のうございます。ここでお待ちを」

なるほど、右腕に触れれば針が刺さっているのがわかる。

家光は、思いきってそれを引き抜いた。

激痛が走ったが、どうやら毒はなさそうである。

前方から、狐面の人影がさらに迫ってくる。

「卑怯なり！」

闇のなかで亜紀が叫び、灯りに向かって駈けていった。

「お怨み晴らします」

声の主は女である。

亜紀が片膝を立て地に沈んだ体勢で抜刀し、待ちかまえるようにその女に向かって斬りつけた。

と、女がひらりとかわし、その背後のいずこからともなく覆面の主が現れ、亜紀の前に立ちはだかるや、すかさず刃を合わせてくる。

亜紀が身を退いた。

その剣刃の鋭さ、太刀さばきの鋭さから見て、尋常ならざる腕前である。

一方、家光は左手に刀を持ちかえ、一気に女に迫り、足ばらいをかけた。

女が地に崩れ、その面がハラリと地に落ちた。

瑠璃である。

瑠璃は匕首《あいくち》を抜いて、腰だめに家光に突いてきた。

それをかわし、腕をつかんで匕首をもぎとると、

「なぜ、襲った」

家光が瑠璃に問いかけた。

「おまえを恨んでいる」

瑠璃は、言って顔を背けると、夜叉のような形相で家光を見すえた。

「あたしの母をあのようにして、追いつめたのはおまえたち徳川だ。なぜ切支丹を禁教とした。なぜ国を閉ざす」

「すまぬ」

「すまぬ？」

瑠璃は、家光が謝ったことにわずかに心を動かされたようすであった。

「だがそれはやらざるをえなかった」

「もう、いい。殺せ」

「殺しはせぬ」

「なにゆえ」

「そなたの不幸はこのおれのせいと言う。たしかにおまえの母が禁教令のために死んだのであれば、おれは謝らざるをえまい。その謝った相手を許せぬのか」

家光は剣から手を放した。

瑠璃は立ちあがり、ふたたび怨みをこめて家光を一瞥すると、ありありと困惑した表情を浮かべ闇の彼方に逃れていった。

微かな提灯の残り火に鈍く光る物がある。瑠璃の落としていった十字架の首飾りであった。

亜紀は、落ちて消えかかる提灯の灯りを頼りに、覆面の侍と鍔迫《つばぜ》り合いを重ねていた。

女だけに、力くらべではさすがに押されている。

だが、亜紀が力をこめて男を押しかえすと、形勢は一気に逆転して亜紀はすかさず足払いをかけた。

実戦剣法らしいタイ斜流の体術である。

覆面が外れている。

「又四郎か――」

闇のなか、わずかに声があった。

虎ノ助である。

立花邸に立ち寄ったところ、家光と亜紀が急ぎ駕籠で帰ったと用人に聞き、後を追ってきたという。

「おぬし、何故亜紀と争うている」

虎ノ助が、抜刀して又四郎の前に立ちはだかった。

「腐った奴、家光の警護役に落ちたか」

又四郎はそう投げ捨てるように言うと、虎ノ助を振りかえりながら、闇の奥に消え去っていった。

五

それから数日後、江戸城にもどった家光は、伊達政宗の病がさほど重くないことを伊達藩留守居役に確かめさせて、松平伊豆守《まつだいらいずのかみ》を伴い日比谷《ひびや》の伊達藩上屋敷を訪ねた。

三代将軍を継承してから、家光はこれまでに幾度となく政宗を伊達藩邸に訪ねている。

家光にとって、父秀忠との関係が疎遠であったこともあり、政宗はいわば父にも似た存在であった。

それゆえ、外様《とざま》大名にもかかわらず、天下の副将軍と立て、城内においても、家光は政宗のみに脇差しの帯刀を許した。三代将軍の継承時、京に上り御所へ参内《さんだい》した折には、御三家にも許さなかった紫の馬の装具を政宗のみには与えた。

たがいに遠慮のない物言いのできる仲でもあり、家光がこのところ忍び歩きが多いことを、ある幕臣が諫めるよう政宗に依頼すると、

「上様、外泊はおやめなされるがよろしかろう。それがしもかつて、家康公の御首を幾度も狙ったおぼえがござりますゆえ」

と言って、笑いながら諫めたという。

その政宗が今は老いさらばえ、病床に臥せるようになった。

死期が近いのは、話に聞けば明らかであった。

家光は、胃の腑の底が抜けたように力を落とし、その重い病を憂えた。

家光が警護の者とともに伊達藩邸を訪ねると、玄関まで迎えに出た政宗は、白髪のまじった頭を深く垂らしたまま迎えた。

「親父殿、今日は相撲談義をしに参った」

「されば、ここでいちばん、つかまつろうか」

諸肌を脱ぎ、四股を踏む真似をした。

政宗一流のやせ我慢である。

「ご老体、お風邪をひかれますぞ」

皮肉まじりに松平伊豆守が諫めると、

「なんの。まだまだ若い者に後《おく》れをとらぬわ」

カッと目を剝いて、伊豆守を見すえ、

「ならば、まずはそちから相手をいたそう。かかってこい」

と太い声を張りあげた。

やがて、政宗は表御座の黒書院の間に家光を招き入れると、上座に家光を据え、目を細めて家光を見かえした。家光の御成りが、ことのほか嬉しいらしい。

「はて、本日はなにをもっておもてなしいたしましょうか」

政宗は白いものの混じった鬚《あごひげ》を撫で、

「そうであった。それがしが考案した料理がござる。まずは、それを召しあがっていただくといたそう」

さっそく小姓に命じて、凍り豆腐とずんだ納豆を持ってこさせた。

「もともと兵糧《ひょうろう》のためのものでござったが、太平の世となり、美食を求めんと改良を加えてござる」

家光と伊豆守の前に、膳が運ばれてくる。

伊豆守がふと顔を顰《しか》め、

「まずは、伊達様に毒味していただかれては」

家光に耳うちすると、

「こ奴、妙な言いがかりをつけおる。人を見てものを言え。たしかに、昔であれば謀叛を起こす気はあったが、この政宗、その折でさえ毒を盛るなどという姑息《こそく》なまねなどいたさぬ。戦場にて一槍交えて戦うが、政宗の流儀」

そう言い放ったが、なおも腹の虫が治まらぬのか、政宗は激怒して立ちあがって伊豆守を見下している。

「伊豆守、親父殿に謝れ。わしは凍り豆腐もずんだ餅も大好物だ」

碗をつかむと家光は、

「旨い、旨い。このような美味なるものがあったとは」

カツカツと料理に食らいつき、胃の腑に流しこんだ。

「親父殿、これほど旨いものがあったのを知らずに過ごしたわが半生、大いに損をした」

「いささか大仰《おおぎょう》なお褒めの言葉でござるが、なんとも嬉しうござる」

政宗は涙を流さんばかりに喜んで、家光ににじり寄りその手をしっかりと摑んだ。

松平伊豆守は、恐れ入って首をすくめている。

ひとしきり料理談義に華を咲かせ、ともに傾注する能の話題に時を忘れると、いよいよ興が乗ったのか、政宗が太鼓を打ち、家光は面を付けて舞いはじめた。

「今日は、上様直々に足をお運びいただき、まこと心よりのひとときを愉しませていただいた。この老骨もすでに齢《よわい》六十九、三代様をこうしてわが藩邸にお迎えした今日この日を今生《こんじょう》の思い出とし、喜んで地獄に落ちることといたしましょう」

「なんの。まかりまちがえばそれがしが臣下として、親父殿にご挨拶にうかがっておったやもしれぬ」

「いやいや。家康公はそれがしより一枚も二枚も上手《うわて》でござった。この政宗、生涯かけても太刀打ちできぬお方でござった」

「親父殿。されば、この場にてうち明けてはくださるまいか。あのイスパニアへの使節派遣、お心に寸分の野心もござらなんだか」

「はて、なんのことを申される……？」

政宗は恍《とぼ》けて耳をそば立てた。

「親父殿、すでに二十年前のことでござる。あの遣欧使節の派遣に、なにか企みがなかったとすれば、天下を狙うた独眼竜らしうござらぬ。この家光、むしろ失望してござるぞ」

「はは、たしかにそのような噂が立ったことは承知してござった。しかしながら、そのような企みがあったかなかったか。寄る年波には勝てませぬ、忘れてしまいました」

「今は夢のなかでござるか」

家光は、苦笑いして、またずんだ餅に箸をのばした。

それを見て、

「それがし、あの太閤殿下の御代《みよ》の南蛮趣味でな、使節を派遣したは南蛮との交易を考えてのことでござった」

言葉を補うように言って、家光をうかがった。

「それは聞きおよんでおります。親父どの、つかぬことをお尋ねするが」

「なんでござろう」

「これをご覧くだされ」

家光が懐中から、十字架の首飾りを取り出し、政宗に見せた。

「町で、さる女と出会いましたが、その者からこれなるものを貰いました」

政宗は、ふと狼狽《ろうばい》の色を見せたものの、それを隠して十字架を手に取り、じっと眺

めていたが、

「これは、遣欧使節の団長であった支倉《はせくら》なる家臣が持ち帰った土産を、さる南蛮女に与えたもの。しかし、なにゆえ上様が」

政宗はそう言って、遠い昔を回想するようふと目を細めた。

「なに、ただ貰ったもの」

「その首飾りのこと、幕府に逆らい刑死した宣教師に、ジョロニモ・デ・アンジョリスなる者がおりましてな。仙台にしばらく滞在していた折、それがしが病を得たことを知って、南蛮女を看護に付けてくれました」

「ほう」

「親身に看護してくれる気のよい女でござった。それゆえ、側女《そばめ》として城に呼び出し側に置きました。その女との間には子もでき申した」

「その南蛮女、いかがなされた」

「さよう。その南蛮女、幕府の切支丹狩りが厳しくなると、娘を連れ、何処かに去ってしまいましてな」

「それは、幕府の禁令のせい。親父殿には悲しい思いをさせた」

女が去っていったのではなく、政宗が城から追い出したことは明らかである。

「なんの、政《まつりごと》とはつねに非情なもの。南蛮諸国に、切支丹宣教師を先兵としてこの国を攻める魂胆《こんたん》が見えた以上、そうした幕府の政策はやむをえないものと存じます」

「親父殿。ところが妙な縁で町を一人歩きして、さる女人と出会った」

「女人……？」

「その娘が残していったものでござるよ」

「ほう……。歳を重ねるにつれ、時折行方知れずとなった母子のことが気がかりにござったが、その娘が生きていたとは！」

「その娘、今は瑠璃と申しましてな。女歌舞伎の座長をしております」

「女歌舞伎か……」

「お会いなされますするか」

「会いたい。しかし、今さら会うてはくれますまい」

「つかぬことをお尋ねいたすが、親父どのはその娘のこと、初めてお聞きになりましたか」

「そのような娘がおること、今初めて上様に教えていただいた。どこにおりまする」

「旅から旅へと、所さだまらぬようす。流浪の女芝居の一座を率いておられる。伊達家の家臣が、その小屋にたびたび入っておるようでござる」

「当家の者が……？」

政宗は怪訝な眼差しで家光を見つめた。

「ご家臣が、親父殿に無断で、妙な政争に首をつっこんでおるようでござる」

「それは、いかなることでござる。ぜひにもお教えくだされ」

政宗が膝をつめ、家光の手をとらんばかりに迫った。

「その娘、今は口入れ屋の町奴万段兵衛の情を受け、小屋を営んでおる。その段兵衛の背後に、紀州家の我が叔父がおることがわかっております」

「頼宣殿が……」

「叔父はご存知のごとき野心家にて、ことあるごとにそれがしに挑んで参ります」

「なるほど」

「なにか、心当たりでも」

「あ、いや。家中にて南蛮船の絵図面を求め新たに帆船を造る話が出ておりましての。むろん五百石程度の小船でござるが」

「けっしてその話、おすすめなされるな」

「わかっておりまする」

「娘御が、紀州家と伊達家を結ぶ道具とされようとしております」

「なんと」

「頼宣殿は親父殿の娘御がお気に入りのようで、たびたび芝居小屋を訪れているとのこと。くれぐれも決して甘い誘いにはお乗りなされませぬよう」

「むろんのこと」

政宗は、断固とした決意で家光を見かえした。

「ところで親父殿。その娘がれっきとした親父殿の子であれば、藩邸なり、仙台なりに引きとられてはいかが」

「それは……」

政宗の表情に、暗い陰が宿った。

政宗は娘の反発を恐れているようである。

「それはそれ。親父殿、いちど娘御にお会いなされよ。父と娘、どれだけ歳月が離れようと血の繋がりは断ち切れぬもの。私がひと肌脱いでさしあげる」

「上様直々に、それはありがたきことでござるが……」

政宗の双眸にはまた躊躇《ちゅうちょ》の色が浮かんでいる。

「いやいや、禁令を発した幕府のささやかな罪滅ぼしでござるよ」

政宗は、握りしめた首飾りを、もう一度掌に広げて見ていた。
二筋の涙が、老勇のまぶたから静かに流れ落ちるのを、家光は見のがしていない。

第四章　誘拐

一

「て、てえへんだよ、徳さん」

　夕闇の落ちた花川戸の川べりを、急ぎ足で歩く家光の後を、息せき切って追いかけてくる人影がある。石川五右衛門の曾孫を自称する香具師の三兄弟の一人ちゃっかり八兵衛であった。

　あちこち家光を捜しまわっていたらしく、すっかり顎があがって喘《あえ》いでいる。

「どうしたのだ、いったい」

　家光が、振りかえって八兵衛を待った。

「ずっと探していたんだ。放駒がてえへんなんだよ」

「どうした」

　これまでになく青ざめた顔の八兵衛に、家光はただならぬ異変を感じて、八兵衛の両肩をつかんだ。

「万段兵衛の一家が、殴りこみをかけてきやがった。なんでも、富岡八幡宮で徳さんに恥をかかされたお礼参りだとかぬかしやがって、大勢力士を連れてきやがった」

「それは由々しきことだ。で、皆はどうした」

「皆、大怪我だ。店もくちゃくちゃになってる」

「おまえはどこにいたのだ」

「おれたち三人は仕事に出ていた。帰ってきて、太助から話を聞いて、大あわてで徳さんを捜しにきたところだ」

「店には、誰がいたんだ」

「親方も、息子さんの小四郎さんも、女将さんも皆いたよ。町奴をはっている家だ、喧嘩になれているけど、あれじゃ喧嘩にもならねえ。なんせ、相手は力士だ。それに、後ろには二本差しの浪人者が大勢いやがった」

「ううむ」

　家光は、留守をしたことが悔やまれた。

ったらしい。

お礼参りというからには、放駒の連中は巻き添えを食っただけで、家光が目当てだ

「大怪我というが、どの程度だ」

「親方も、小四郎さんも、皆半死半生の目にあわされた。さいわい、死人は出なかったがね」

八兵衛の話では、親方も小四郎も力士なみだが、猫のように小突きまわされ、のされてしまったという。

「とにかく、相手はこっちの倍以上の体格の連中ばかりだ」

「女の人は」

「連中、女たちには手を出さなかった」

「それは不幸中の幸いだ。だが、よく引き揚げていったな」

「ちょうど店にいた太助が、立花様の屋敷に飛んでいって、稽古中の百蔵や赤鞘組を呼んできたんで、白刃の舞う大出入りになると見てさっさと退散しやがった」

「私のためにとんだとばっちりを受けたな」

「なに、徳さんが悪いわけじゃねえ。それより、立派だったのは女将さんだ。さすがは町奴白神権兵衛《しらがみごんべえ》の妹だよ。片肌ぬいで啖呵《たんか》を切ったじゃねえか」

「ほう」

「男ってよう、女に凄まれると、けっこう引いちまうもんだな。皆、黙って見ていた」

「とにかく急ごう」

家光が駈け出すと、八兵衛が息せき切って追ってくる。

放駒に駈けつけてみると、足の踏み場もないほどの惨状で、帳簿やそろばんといった商売道具が土間に散乱している。

店の方は、口入れ屋という人が商品の商いだけに、それほどの被害は出ていないが、被害が大きかったのは家のなかである。

「奥が散々だよ」

駈け寄ってきた虫屋の彦次郎が、家光の袖を引いた。

廊下伝いに奥の間にすすめば、各室とも大地震にでもあったのかと思えるほどの荒らされようで、茶の間の箪笥《たんす》や仏壇から長火鉢まで薙ぎ倒され、目を覆うほどの惨状である。

女将のお角が、ぽつんと廊下にへたりこんで、なにから片づけてよいかもわからず茫然としていた。

力士が主役だったが、斬りあいも凄まじかったことがありありとわかるほど血痕が部屋じゅうに飛び散っており、晒《さらし》を巻いた店の番頭や手代が、部屋の隅にうずくまっていた。

「親方は──」

家光がお角に訊ねると、ようやく振りかえって家光を見かえした。

「奥に……」

すさまじい啖呵を切ったというお角も、さすがに気力を使い果たし、それだけ応えるのが精いっぱいである。

奥の間に足を踏み入れてみれば、放駒親方と息子の小四郎が、部屋の中で大きな狸の置きもののように横たわり、唸っていた。腕や脚に添え木が当てられている。

「どうも、腕をへし折られちまったようでさあ」

気丈な放駒親方が、家光を見て情けない声を出した。

家光がもどってきたのを知って、別室にいた立花十郎左衛門が駈けつけてきて、

「あっ、上様、なんとも無念でござる」

家光の前でがくりと跪《ひざまず》くと、拳を固めて、むせび泣いた。

「十郎左、それは困る」

家光は、慌てて十郎左衛門の手を上げさせた。

「あ、そうでございましたな」

十郎左衛門はふとあらたまり、

「徳さん、やられちまった」

にわかに態度をかえて、胡座を組んだ。

その豹変ぶりに、女たちが目を白黒させている。

「おれたちが、いま少し早く駈けつけてきたら、ここまでのことにはならなかったんだが」

十郎左衛門は、膝をたたいて悔しがった。

「それにしても段兵衛め、卑劣なことをしやがる」

百蔵が、悔しそうに泣きながら太い腕で涙をぬぐった。

五十貫近い大男が、子供のように泣きじゃくる姿は滑稽《こっけい》である。

百蔵が語って聞かせた話では、放駒の危機を知り、急ぎ花川戸にもどるため、柳橋から屋根船を拾ったものの、百蔵が乗ったとたんにぼろ船だったのかズブズブと船が沈みはじめたという。

それで、赤鞘組と百蔵の一行は川縁の土手伝いに駈けてきたという。

「その体では、さもあろうな。で、体は大丈夫か」

家光は、百蔵の怪我をたしかめた。

百蔵は、小さな刃物傷をいくつかつくっていたが、さいわい、目立った傷は負っていなかった。ただ、特大のゆかたはさんざんに引きちぎられ、あちこちから血が滲んでいる。

「なあに、大丈夫だ。刃物を振りまわされたら、素手じゃひとたまりもねえが、さいわい十郎左衛門さんが守ってくれたんで斬られることはなかった」

番頭、手代の怪我まで見てまわっていると、

「徳さんの部屋は、もっと荒らされてますよ!」

二階を片づけていたおもとが、三兄弟と一緒に階段を下りてきた。

しかも、一階以上に荒らされているという。

だが、妙であった。その時、家光はその場にはいなかったのである。

「奴らは、二階まで上がっていったのか」

「それが妙なんだよ。たしかあの時は、連中はみな下で暴れてたって話だ。おもとの話だと、階段の下に逃げこんでいて、誰も上にあがっていくのを見なかったと言っている」

辻歯医者の藤次が言って二人の兄弟と顔を見あわせた。

家光は、急ぎ二階へ駈けあがった。

なるほど、部屋は見るも無残に荒らされている。

箪笥の衣類が部屋じゅうにまき散らされ、文机《ふづくえ》の脇に積みあげていた書物の山が、部屋じゅうに散乱していた。

二階に、誰も上がってこなかったことが確かであれば、殴りこみをかけてきた者らが暴れまわってたわけではない。おそらく、別の誰かが侵入したのだろう。

（さては、絵図面を捜しに来たか……）

家光が舌打ちして、衣類と書物の山を掻きわけ、本の間に挟んでいた絵図面の片割れを捜しまわった。

やはりない。

迂闊であったが、後のまつりである。

つまり、表の騒ぎは家の者の関心を引きつけるもので、本来の目的は、絵図面の奪取にあったのである。

「何奴の仕業か……」

これだけ手のこんだ策略を練りあげた者は、おそらく万段兵衛ではあるまい。それにどさくさにまぎれて家の者に気づかれずに侵入することのできるのは、忍びの心得のある者である以外に考えられなかった。

家光の脳裏に、天王寺《てんのうじ》境内で遭遇した忍軍の一団と老軍師の姿が過《よぎ》った。

(南海の龍めが、動き出したか……)

家光は散乱した部屋を見まわし、叔父徳川頼宣との暗闘が、いよいよ本格的に始まったことに唇を引き締めるのであった。

二

「おっと、いけねえ」

仕事帰りの一心太助が、一度開けたお京の家の腰高障子をまたぴしゃりと閉めた。

お京の膝枕で、家光が耳掃除をしてもらっている。

家光はむっくりと起きあがって、

「どうした、太助。妙な気をまわすものではないぞ」

玄関に向かって、飄々《ひょうひょう》とした声をあげた。

――これじゃ、とても寝られないよ。あたしのところにおいでな。

放駒の二階に上がって部屋の惨状に目を見張ったお京が、そう言って家光を誘ってくれたので、ひとまず裏長屋のお京の家に移ってきたのであった。

「それじゃあ、ほんの一晩だけやっかいになるよ」

そう遠慮する家光に、

「なに言ってんのさ。あたしと徳さんの仲じゃないか。いつまでだって、居てていいんだよ」

と笑いかけるお京にほだされて、いつしか膝枕で耳掃除までしてもらっている。

「お熱いところを、お邪魔じゃねえかと」

そう言いながら、また障子を開けて首だけなかに入れた太助に、

「おいおい、勘ちがいするな。ただの耳掃除だ。それだけのことだよ」

家光は苦笑いして、太助を手招きした。

「そうかい、それなら」

つっかけ草履を脱ぎ捨てて、太助が勝手知ったお京の部屋に上がりこんだ。

「そうさ。あたしには耳掃除までさ。これだけ情を懸けたって、この人ときたら、まるっきし朴念仁《ぼくねんじん》なんだからね。あたしの気持ちを、まるで受けとめちゃくれないのさ」

お京は捨て鉢な口調でそう言うと、立ちあがって長火鉢に寄っていき、燗《かん》をつけておいたお銚子を二本取りあげた。

「さあ、太助さんも、こっちに来てお飲みよ」

「すまねえな」

お京の用意した折敷《おしき》の上のお猪口《ちょこ》を取りあげた。

「今日は大活躍だったそうだな、太助。赤鞘組を呼びに行かなかったら、もっとひどい目にあっていただろう」

「まあな、だが、礼を言われるほどのこともねえんだ」

立花十郎左衛門のところには、この頃太助はほとんど毎日行っているという。

「あそこのお屋敷に志賀之助の一門が寄宿してくれたおかげで、魚が捌けてね。そりゃア、いい商売をさせてもらっている。今じゃ、大のお得意さまさ」

太助は、旨そうに熱燗の酒を舐めながら言った。

「そうであったな。力士は大食いだ。いい商売になろう」

「それで、どうなんだい。伊豆疾風のようすは」

お京が、気になる百蔵の進境ぶりを訊ねた。

「逞しくなってるぜ。ここ何日かのうちにも、見ちがえるほど強そうになったよ。明石志賀之助も驚いていたくらいだ。勝負勘がいいうえに、稽古熱心だってさ」

「へえ、そりゃ将来が愉しみだね。徳さんも、応援のし甲斐があるってもんだよ」

お京が、

――残り物だけど、
と言って、酒の肴に木の芽田楽《でんがく》の乗った皿を水屋から取り出してきた。

「お京さんのところにくると、いつも旨えものがあるぜ」

「なに言ってんだよ。これ以上は何も出ないよ」

「それより、今日の騒ぎは、けっきょくどういうことだったんだよ。富岡八幡の境内で徳さんや百蔵に翻弄された逆恨みっていうけど。妙じゃないの、ずいぶん間が空いてる。仕返しなら、もっと前に来てていいはずだよ」

お京が、太助に酌をしてやりながら訊いた。

「逆恨みなどというものではないな」

話がややこしくなるので、家光はそれだけを伝えた。

家光の正体がお京の口から広がるのは困るし、頼宣がサン・ファン・バウティスタ号の絵図面の片割れを狙っていることも知られては話がややこしくなる。

話が親父殿とまで畏敬する伊達政宗が、かつて幕府転覆のためにイスパニアに使者を立てていたという話にまで及べば、なにかと煩《うるさ》い松平伊豆守や幕閣どもが騒ぎだし、奥州まで討伐の軍をすすめるとまで言いだすかもしれなかった。

「あ、そうか。わかったよ。段兵衛の後ろには、あの紀州の龍がついているってことかい、徳さん」

「そうだ」

「頼宣って人も、大の相撲好きだそうだよ。あっちはあっちで、志賀之助の対抗馬を用意してるっていうじゃないか。それになんだか徳さんが後押しする百蔵も気に入らないようだね」

「そうさ」

太助も、お京の表情で合点がいったらしく手を打った。

「だったら、段兵衛を使った嫌がらせかい」

「そういうことになるかもしれぬな」

家光も、うなずいてみせた。

「でもさ、徳さんの部屋があれだけ荒らされたのはなぜなんだろうね」

お京が、不思議そうに家光を見かえした。

「じつはな、百蔵に贈るつもりで買っておいたものを奪われた」

「やっぱりね。徳さんの部屋がいやに荒らされているんで、なにかあると思っていたんだぜ」

太助が、お猪口を置いて膝を乗り出した。

「それは、百蔵が関取となった時のために身につける刀だ。励みになると思って、贈るつもりだった」

「やさしい人だね、徳さんは。だけど、そんな徳さんの腹づもりを、なんで段兵衛は知ってんだい」

「刀鍛冶に発注したのを、どこかで聞いたのだろう」

かなり苦しい言い訳だが、お京と太助には納得してもらうよりない。

「ふうん、段兵衛はそんなところまで目をつけているんだね。この喧嘩、たぶん根が深いよ。よほどのことがなけりゃ治まりゃしないよ」

お京が、唇を歪めた。

「たしかに、根が深い」

太助が田楽の串を置いて腕を組んだ。

「なんとか、相撲で決着をつけようと思うが、そうもいくまいな」

家光は冗談を飛ばし、また真顔にもどり大ぶりの猪口の酒をあおった。

しばらくして、玄関の油障子がからりと開き、髭面の花田虎ノ助がその大きな顔を家のなかに傾けた。

「声が聞こえたんで、仲間に入れてもらおうと思うてな」

そう言って、虎ノ助は大徳利を顔の前に掲げてみせた。一升は入りそうな大徳利である。

「あら、あら、徳さんと水入らずになれたと思ったら、お魚屋さんが来るわ、剣術使いが来るわ、もう台無しだよ」

お京が鬢を撫でて、苦笑いした。

「まあ、そう言うな。お京、今日は徳ノ助とねんごろになっているような宵ではなかろう。〈放駒〉は、家の後かたづけでてんやわんやだ。これは、女将からの差し入れだ。徳さんを追い出したようになって申し訳ないと、これを持っていけと言われた。とっておきの灘《なだ》の下酒《くだりざけ》だが、樽《たる》を割られてしまったので、早く飲まないと酢になるという話だ。これが飲み終わったら、まだまだ替わりはたっぷりあるようだ」

虎ノ助は、大徳利をどんとお京に手渡すと、小袖の裾をかいこんで、家光の隣に腰をすえた。

「徳ノ助、それより、面白いことがわかったぞ」

虎ノ助は、ちらりと太助を見てから、

「だが、ちと言えぬな」

顎を撫でて、もぞもぞと口籠もった。

「なんでえ。おめえ。隠しごとかい。よっぽどおれを信用のできねえ男と見てやがるな」

「気の早い奴は骨が折れる。太助、そんなことではない」

「じゃあ、なんだってんだ」

「それはちと言えん」

「虎ノ助さん。そんなこと言われちゃ、あたしたちが仲間外れになったみたいじゃないか」

「わかった。これは、ある女の出生の秘密でな。当人にとっちゃ、他人には聞かれたくない話だから気を利かせたのだ。話してもいいが、ぜったいに他人に漏らすなよ」

虎ノ助が、太助とお京を見まわして念を押した。

「わかってらァ」

太助は少し気が治まったのか、また胡座をかいて腕を組み、

「さあ、言ってみろ」

威勢よく啖呵を切った。

「じつはな。この徳ノ助と亜紀が襲われたのは知っておろう」

「聞いたよ。なんでも、待ちかまえて吹き矢でやられたんだったね。しかも、相手は女歌舞伎の座長だっていうじゃないか」

「その女座長の話なのだ。あの夜、わしも後から助太刀に駈けつけ、その女の情夫とも刃を交えたが、斬り結んでいるうちに、よく知る男であることに気づいた」

「あ奴も、おぬしを剣友だと言っていた」

「あいつは、疋田陰流の遣い手で、早乙女又四郎という者だ。わしとは将軍家が催した寛永の御前試合で対し、かろうじて勝ちを得たが、なかなかの遣い手だった」

「たしかに、あ奴はかなり出来る」

家光がうなずいた。

今になって思えば、女座長は又四郎から葵徳ノ助がじつは家光であると聞き、切支丹禁止令を発布した将軍家に怨みを晴らさんと襲いかかったことが推察される。

又四郎は家光にとりたてて怨みはなく、瑠璃のために力を貸しただけであろう。

「わしは、あ奴と長らく酒を汲み交わし、剣談を交わした仲であった。こたび久しぶりに再会し、また酒を飲んで語りあった。心は変わっておらぬ。剣の道に生きる男であった」

「それはよかったの」

「奴は、あの女との関わりもおれに語ってくれたよ。奴は兵法者として諸国を巡る間にあの女の一座と知り合い、ともに旅をしながら用心棒兼振付師に収まった。早い話が瑠璃の情夫となったのだ」

「そうであったのか。出雲阿国には名古屋山三《なごやさんざ》なる男がいたというが、女歌舞伎の世界には、そうしたことはよくあるのであろうな」

「そうかもしれぬ。気を張っているようで女は弱い。どこかで頼りとする男を求めているのであろう。それに女だけの一座では危ない。おれは、奴の口から瑠璃の今の暮らしもあれこれ聞き出した」

「よくそこまでおぬしに話したな」

「又四郎とは、なに、長いつきあいだ。それにあの女に不満を抱いている。いや、悋《りん》気《き》と言うべきかの」

「万段兵衛のことだな」

「そうだ。瑠璃は今、あからさまに言えば段兵衛の情婦となっている。興行する上でなにかと後ろ楯となってもらっているうちに、段兵衛とそういう関係を強要されたのであろう。だが、又四郎は、むろん面白くない」

「そうだろう。夫婦のようにずっと一緒に旅をしてきた間柄だ。いわば段兵衛に間男《まおとこ》をされて奪われたようなもんだ」

太助が、わけ知り顔に口をはさんだ。

「あら、太助さん。間男なんて言葉、よく知ってるね」

「冗談言っちゃいけねえよ。こうみえても、棒手振りの魚屋は町のかみさんが相手だ。そうした話も仕入れておかなきゃ、商売はできねえ」

「へえ、なかなか魚屋商売も大変なんだね」

お京が、太助の商売の裏話を聞いて、妙に感心してみせた。

「おいおい、お京。大事なところだ、話の腰を折るな」

家光が、苦笑いして苦言を呈すると、

「わかったよ。さあ、つづけておくれな」

お京が、虎ノ助の脇をつついた。

「だが、そもそも別に、段兵衛と瑠璃の関係も、だいぶ中だるみになっているらしい。いわば腐れ縁のようになっているのだろうよ。とまれ、その又四郎の見るところ、段兵衛は、瑠璃を別のところに廻すらしい」

「廻す……、いやな言い方だね。虎ノ助さん」

「だが、事実だ。段兵衛は瑠璃を紀州の頼宣への貢《みつ》ぎものにするつもりらしい」

「まことか」

徳ノ助は、驚いて虎ノ助を見かえした。

「紀州藩の者が、時々、芝居小屋に姿を見せるというから、ひょっとして女と頼宣公とはすでに関係はできているかもしれん。又四郎もそう見ていた」

「なんとも憐れな話だね。その瑠璃って女座長。南蛮人の血が入って色白の別嬪ってだけで、殿様への貢ぎものにされちまうのかい」

お京が眉を曇らせて、家光を見かえした。

「だが、ものは見方だ。玉の輿じゃねえのかい。側室さまとして城にあがれば、一生左団扇《ひだりうちわ》、贅沢暮らしができる」

太助が、案外世事に長けたことを言った。

「なるほどな」

太助の言い分にも一理ある、と家光はうなずいた。

家光の祖父東照大権現家康公には多くの側室があったが、高貴な出の者はほとんどおらず、みな商家の出であったり、農家の娘であったという。

将軍、大名家は世継ぎを産める女であれば、身分はさして気にしないものである。頼宣の側室も、同様と聞く。異国の血が混じろうとかまわぬ、と頼宣が考えるのなら、瑠璃は大事に側に置くかもしれなかった。

だが、もし瑠璃が頼宣の側室に収まり、政宗が瑠璃の素性を打ち明ければ、伊達藩と紀州藩の縁は一気に強まろう。両家が結びつけば、将軍家にとっては大きな脅威となる。

(これは、もういちど瑠璃に会う必要があるな……)

家光は、そう思った。

瑠璃の父が、じつは伊達政宗であることを告げ、政宗のもとに連れもどしてやらねばならない。

「虎ノ助、又四郎に告げてくれぬか。葵徳ノ助がぜひ会いたいと申しているとな」

「なんだって」

お京が、驚いて家光を見かえした。

「おやめな、また斬りつけられるのがおちだよ」

お京が青い顔をして家光を止めた。

「なに、虎ノ助の友だ。もはや、手荒なことはすまい。よいな虎ノ助」

もういちど念を押すと、虎ノ助は不安げに家光を見つめ、

「ちと危ないが、いいだろう。おれもついて行く」

意を決して、猪口を置き、虎ノ助は大きくうなずいた。

三

それから数日後の夕刻、首尾よく早乙女又四郎に話をとりつけた虎ノ助の案内で、家光は虎ノ助、亜紀とともに九段の仙勝寺に向かった。

芝居はとうにはね、小屋の前に人影はない。

家光と虎ノ助は、本堂石段前で冷ややかな顔で立つ又四郎と対面した。

夕闇の下で見る又四郎は、かつてよりいささか面やつれして見えた。

「おい、こちらがどなたかはもう知っておろう。上様に斬りつけたことお詫びいたせ」

虎ノ助が語りかけると、又四郎は、もごもごと口をもごつかせて、

「ご無礼いたした……」

うつむきかげんでふてくされた口調で謝った
「瑠璃に仇討ちをするというので手伝わされたが、あまり乗り気ではなかった」

瑠璃の仇討ちの相手が家光であることは、又四郎も承知していたはずである。

言い訳じみていることは家光にもわかったが、虎ノ助との関係から家光を敵とすることをやめたのだろう。

(意外に、友情に篤い律儀《りちぎ》な男のようだ……)

家光は、又四郎の屈折した感情をうかがい見た。

「よいのだ。おぬし、あの女に惚れておるのであろう」

「そのようでござる」

苦笑いして、又四郎は家光を見かえした。

又四郎は又四郎で、家光の人物像を探っているようである。

「じつはな、あの女の父親がわかった。瑠璃が望むなら、引き会わせてやろうと思うのだが、どうだ」

「えっ……」

又四郎は、驚いてふたたび家光を見かえした。

「だが、今さら会おうとは言うまい。あの女は自分を捨てた父のことをいつも恨んでいた」

「そうは言うても父は父、親子の関係とは深いものだ。会えば、情も生まれよう。それに、このことでは徳川の血を引く私にもいささか責任がある」

「責任……?」

「うむ。国を守るためとはいえ、無垢《むく》な切支丹信者をいたずらに追いつめたのは徳川幕府だ」

「引き合わせるだけは、引き合わせよう。だが、あまり期待をなされるな」

又四郎が、冷ややかな笑みを浮かべて言った。

「それはよかった」

虎ノ助が、又四郎の肩をたたいた。

「それから、又四郎。惚れ抜いた瑠璃だ。もっと大切にいたせ」

「大切に?」

「万段兵衛から瑠璃を奪いかえすのだ。段兵衛は、札付きの悪党だ。いずれ、お縄を頂戴しよう。それに、あ奴はそろそろ瑠璃に飽いたので、紀州公の貢ぎものとするであろう。そうなれば、二人で築いてきた一座もおしまいだぞ。むろん、おまえとも離ればなれになる」

「それは、そうだが……」

又四郎は、唇を曲げ、あきらめたように言った。

「なに、紀州公とのことは上様がなんとかしてくださるやもしれぬ」

虎ノ助が又四郎の肩をとると、半信半疑で家光を見つめかえし、

「ともあれ、ついて来られよ」

又四郎はそう言い、二人を従え芝居小屋に向かって歩きだした。


ほとんどほったて小屋と言っていい女歌舞伎の芝居小屋は、一度訪れた時とはうって変わってシンと静まりかえり、夜の帳《とばり》になかば溶けこんでいた。

又四郎の先導で木戸を潜り、小屋のなかに入ると、人の気配はない。

舞台の脇の提灯が二つぼんやりと灯っているきりで、足元もさだかでなかった。

土間を抜け、舞台の裏手にまわると、又四郎は座主の部屋の前に立ち止まり、

「瑠璃……」

と声をかけた。

「なんだい」

なかから、女の声が聞こえた。

「例の一行だ」

「来たのかい」

身構えるようすであったが、半ば観念したのか、

「お入りな」

低く沈んだ声で応じた。

奥に入ると、板と筵で囲っただけの座主の部屋で、瑠璃がこちらを向いて座ってい
た。

「あんた、将軍だかなんだか知らないけど、妙なお人だね」

「座っていいかね」

家光は返事も待たずに、瑠璃の前に腰を下ろした。

家光の左右を固めるようにして、虎ノ助、亜紀が隣に座す。又四郎が、横に支える
ようにして座った。

「話は聞いたよ。あたしのお父っつあんがわかったそうだね」

「わかった」

「でも、聞いてもしかたないね。あたしとおっ母さんを捨てた薄情な人だ。おっ母さ
んは死んじまったし、もう親なんていないと思ってる」

「不憫であったな」

「みんな、おまえたち徳川の切支丹禁止令のおかげさ」

瑠璃は、襲撃の夜に見せたものと同じ深い怨みの眼差しを家光に向けた。

「すまぬ。時にひどいことを民に強いることもある」

「いったい、あたしのおっ母さんが何をしたってんだよ。仙台に行って病人の看病をしていただけだっていうじゃないか」

「そこからのことを話そう」

家光が、しっかりと瑠璃の眸を見すえて言った。

「それから、そなたの母上は城へあがった。伊達政宗の病の看病をした」

「仙台城へ……」

「そのとき、政宗殿との間にできた子がそなただ」

「知らなかった。おっ母さんはなにも教えてくれなかったよ」

「手ごめにでもされたのかい」

青ざめた顔で、瑠璃が家光を見つめた。

「いや、政宗殿に気に入られ、側室となった。大切にされていたようだ。そして、そなたが生まれた」

「側室？　ならなんで、おっ母さんは、路頭に迷ってたんだ。おまえたち、将軍だ、大名だって連中は、女をなんだと思ってるんだ」

瑠璃は、ふたたび怒りの眼差しを家光に向けた。

「親父殿、いや政宗殿が悪いのではない。幕府が切支丹を禁教としたため、やむなく切支丹を捨てぬそなたの母と縁を切った。伊達家と領民を守るためにな」

「畜生ッ！」

瑠璃は、小脇の衣装や鬘《かつら》を次から次に家光に放りつけた。

一座の女たちが外で座主の一部始終をうかがっているらしい。又四郎が立ち上がって、女たちに言い含めてまたもどってきた。

「それで、伊達政宗があたしの父だって、証拠はあるのかい」

激しい感情の波がようやく退いて、冷静さを取りもどした瑠璃が、上目づかいに家光を見た。

「これだ」

家光は、袂から瑠璃が襲撃の夜に落としていった首飾りを取り出し、政宗に見せたと告げた。

「それは慶長の頃、伊達家がイスパニア国に使節を送った時、土産として持ち帰ったものだそうだ。政宗殿は、それをそなたの母マリアに与えた。それを、そなたの母が大事にしていて、そなたを置いて去る時に、そなたの首に掛けたのだろう。その首飾りが証拠だ」

虎ノ助も亜紀も、瑠璃を見つめたまま、その運命の変遷を思い言葉を失っている。

「哀れな奴よ――」

やがて、又四郎が瑠璃を見かえして言った。

「同情されたかないよ。薄情な父親など、どうだっていいのさ。あたしは一人で生きてきたんだからね」

「そうだ。おまえ一人で逞しく生きてきた。今や、女歌舞伎の座主となって、多くの座員を率いている」

家光がうなずいた。

「ふん。お世辞はそれだけかい。教えてくれた礼は言うよ。だが、妙な禁令を出したのは、おまえたち徳川だ。誰が許すもんかい」

瑠璃は、また憮然として家光を睨みすえた。

「礼を言ってもらうつもりなどない。おまえには、今でも不憫なことをさせたと思っている。だが、親父殿はまぎれもないそなたの父なのだ。政宗殿に会ってやってほしい」

「いやだね。誰がそんな薄情な奴」

「こう言うてはなんだが、親父殿も歳だ。もうそう長くは生きられまい」

「ふん、知ったことかい」

瑠璃の双眸に、僅かに陰りが宿った。

「ならば、そう伝えておくよ。だが、一言つけ加えさせてくれ」

「なんだよ」

瑠璃は斜めに家光をうかがった。

「万段兵衛は、江戸でもきっての悪党だ。そのような奴の厄介になるのだけはやめておけ」

「大きなお世話だよ。段兵衛さんには、この芝居小屋の後ろ楯になっていただいているんだ。あたしら一座の支えになってもらってる大事な人なんだよ」

「それはよいが、段兵衛は紀州家と関係が深い。紀州の頼宣殿はおまえが気に入っているようだ。いずれ貢ぎ者にされるぞ」

又四郎が、冷やかに瑠璃に言った。

「冗談じゃないよ。段兵衛は、あたしを大切に囲ってくれている。誰が、大名の妾なんかにさせるもんかい」

瑠璃は、又四郎を憎々しげに見かえし、

「又四郎、あんた、妬いてるんだね。あたしと段兵衛さんのことを。あんたになんかあたしを世話することなんかできないんだよ。芝居小屋を守るためには、段兵衛さんの思いものになったって、しかたないよ」

又四郎は、切《せつ》なそうな眼でそう言って背をむける瑠璃を見すえた。

「そなたの生き方にまで口を出すつもりはない。だが、紀州の妾となれば、そなた芝居は止めねばならぬ」

家光が口をはさんだ。

「どうしてだい」

「側室とするのであれば、紀州公はおまえを和歌山に連れて行こう」

「あたしゃ、江戸にいるよ。大名なんかと暮らせるかい」

「瑠璃、そろそろ己の運命を選ぶ時がきたようだな」

又四郎が重い吐息とともに言った。

「もういいよ、帰っておくれな。あたしの人生に大名も将軍も関わりはない。帰れったら、帰れ。また吹き矢をお見舞いするよ」

瑠璃が部屋じゅうに散らかった道具の類のなかから、一尺ほどの吹き矢を見つけて身がまえた。

「待て、瑠璃。もう、帰るよ。だがな、よく考えてみろ。政宗殿はそなたに詫びたい一心なのだ。一言、その詫びを聞いてやるくらいはよかろう。する機会もなかった親孝行をしてみるのも、なかなか乙《おつ》なものだ」

家光がもういちど諭すように言うと、

「うるさいよ。さっさとお帰り、帰らないと」

瑠璃は悔しそうに言い捨てると、吹き矢をとったが、いきなり声をあげて泣きはじめた。

「又四郎、側にいてやれ」

虎ノ助が、剣友の肩をたたいた。

小屋を出れば、満月の光がほの白く小屋の板塀に照り映えていた。

三人は、肩をすぼめて歩きだした。

四

「うまい菓子じゃの、これはなんという名だ」

家光が、フワフワと黄色い南蛮菓子を口に含み、思わず唸り声をあげた。

江戸城で将軍家光に供される菓子は、いずれ選りすぐりの上菓子ばかりだが、ほとんどが餡《あん》を用いた伝統の菓子ばかりで、このような卵風味の上品な洋菓子はまだ家光も食したことがない。

「これは、カステイラと申します。初めて葡萄牙《ポルトガル》より渡来してより代を重ね、今では長崎のあちこちで製造されております」

かつて長崎奉行をつとめたことのある南町奉行加賀爪忠澄が、上機嫌で家光に説明を加えた。

加賀爪自身も、カステイラは大の好物で、長崎を離れてから後は、自ら製造法を後任の奉行に問い質し、役宅内で調理させているという。

剣談好きの忠澄は、タイ斜流名人丸目蔵人の孫娘亜紀とこのところいちだんと昵懇で、その縁からお忍びで町に出た家光との密談を、浅草の亜紀の道場で行っているの

だが、この日も、

――ぜひお耳に入れておきたい儀あり。ご足労いただきたく存じまする。

と亜紀を通じて伝えてきたので、家光は気儘な町駕籠を使って浅草に足を伸ばしたのであった。

――このところ、留守が多く、道場での地道な稽古が疎《おろそ》かになっておりまして、
と、生真面目な亜紀は表情を引き締めるが、家光を家に招くのはやはり格別に嬉しいらしい。

「このところ、この道場も小綺麗になってきたようだ。この居間の様子もなんとなく女人の気配を感じるようになったぞ。はて、誰が亜紀どのを変えてしもうたのか」

加賀爪忠澄は、亜紀の横顔をうかがって冷やかすと、

「もしや、女人天下一の剣の腕が、衰えはせねばよいがといささか心配だ」

と、悪戯に嘆いてみせた。

「いや、それは虎ノ助のせいではないかと思う。このところ、頻繁に二人は会うておる」

家光も、一緒になって冷やかした。

「そのようなことは……」

亜紀はちらりと家光を見て、頬を染めてみせた。

「ところで、本日上様にわざわざお越しいただいたのは、他でもござりませぬが……」

忠澄は、ひとしきり冗談で戯れた後、すぐに真顔にもどり、家光に一礼してから話を切り出した。

「はて、なんであろう」

「じつは、それがしの後任の長崎奉行から連絡が入り、長崎沖にたびたび不審な異国船が訪れておるそうにございます」

加賀爪忠澄は長崎奉行を務めていた折には、湾内に侵入したイスパニア船に果敢に大砲を打ち掛け、追い払った武勇伝を残している。

「異国……、はて、何処の船であろうな」

長崎奉行が出島の和蘭《オランダ》人キャピタンから聞いた話では、おそらくそれはイスパニアの船ではないか、とのことである。

「イスパニアは和蘭と争い、海戦に敗れてからというもの、外洋では劣勢に立っているというが」

「しかしながら、キャピタンの申しまするには、まだまだその力は侮《あなど》りがたく。ことにルソンを領有しておりまするゆえ、東亜の海にては和蘭船も警戒しておるとのことでございます」

「だが、なにゆえそのような大胆な行動をとるのであろう」

「解《げ》せませぬ。こたびは湾内に侵入してきたうえ、見慣れぬ小型船を数隻伴っていたそうにございます」

「見慣れぬ船か……」

「それが、黒ずくめの船にて、さほど大きさはござりませんが、駿足にて大砲も数門備えていたそうにございます」

「黒船か」

家光は、亜紀と目を見あわせた。

「その船、太助どのが言っておられましたが、江戸湾にもたびたび姿を現し、漁場を荒らし、安宅丸にも悪戯をしかける船ではございませぬか」

亜紀が、心配そうに家光を見かえした。

「上様、これは由々しきことにございますぞ。紀州の南龍公はイスパニアのフィリピン提督府と結んでおるのやもしれませぬ」

「おおいにありうるな、だが、どのような魂胆であろうか」

家光は二つめのカステイラを皿にもどすと、はたと腕を組んだ。

その昔、伊達政宗はイスパニアに使節を派遣し、共に幕府を倒さんと誘いかけたという。

あるいはこの例に倣《なら》い、南龍公も徳川宗家を倒すため、イスパニアと手を組んだ可能性が考えられた。

「しかし海上を抑えたところで、この太平の世に、誰が南龍公に味方しよう」

加賀爪忠澄は、不安を一掃するように強気な口調で語った。

「いや、油断はできませぬ。それこそ伊達藩と結ぶことも」

亜紀がそう言って、家光の横顔をうかがった。

「上様、瑠璃どのの芝居小屋には、たびたび伊達家の者が足を運んでいるとか。小屋が紀州家と伊達家の結び目となっておるのではありませぬか」

「なんの、おれは親父殿を信じたい」

家光は、疑念を振りはらうように言った。

「上様がそう仰せなら、とやかく申しはいたしませぬが、北の独眼竜と南海の龍、この南北二頭の龍が手を結べば、天下が震撼《しんかん》いたしましょう。さらに、これに何処かの外様大名が呼応でもすることになれば……」

「わかっておる。気をつけておく」

家光は唇を歪めてそう言ってから、渋めの茶を啜った。

「それと、加賀爪忠澄、気になることがいまひとつある。他ならぬ口入れ屋万段兵衛のことだ」

家光は、ふと思い出して言った。

「あの者、またなにかよからぬことを企んでおりまするか」

「うむ。富岡八幡宮の境内で勧進相撲を行うことになったことは知っておろう。江戸の町民は、相撲興行を楽しみにしている。だが、興行の一切合切《いっさいがっさい》を、あの者が引き受けておるのは由々しきことだ。なにを企むかわからぬ奴だ。それに背後には、相撲好きの頼宣殿がおられる。富岡八幡宮は寺社奉行の管轄だが、不正の行われぬよう気をとめておいてほしい」

「されば、寺社奉行安藤重長《あんどうしげなが》殿ともよく相談のうえ、厳重に目配りしておきまする」

「うむ」

「ところで、ほかならぬ勧進相撲のことでございまするが」

忠澄が、にわかに相好《そうごう》を崩し家光をうかがった。

「なんだ」

「明石志賀之助が出場いたしまするか」

「うむ。そちも、相撲は好きか」

「好き、などというものではございませぬ。番付が発表になる前日は、夜も寝られぬようになる始末」

「ほう、おぬしがな」

家光は、驚いて亜紀と目を見あわせた。

「ならば、いちど引き合わせてやろう。稽古場は立花十郎左衛門の屋敷だ。いちど訪ねてくるか」

「これは楽しみでございます」

加賀爪忠澄は、子供のようにうきうきと、家光にうなずくのであった。

五

「ほう、志賀之助の相手はやはり仁王仁太夫か」

八兵衛に買いにいかせた番付表に目を凝らすと、放駒親方が野太い声をあげた。

仁王仁太夫は、京、大坂では志賀之助以上に人気を誇る大力士で、体軀は志賀之助ほどはないが、技のキレは無類で志賀之助を上まわっていると評判である。

「だが、こいつは危ねえ力士だと言われている」

放駒親方が番付表を指でトントンとたたいた。

「危ねえって、親方……」

八兵衛が、横から助五郎の顔をうかがった。

「意表を突く、思いがけねえ技を仕掛けてくるんだ」

「汚え手を使うんですかい」

「相撲四十八手にある技だから、汚えってわけじゃねえんだが、めったに使わねえ手だから、相手は面食らう。志賀之助も気をつけなきゃ危ねえな」

まだ陽が高いのに、店の者は番頭一人を残して、みな居間に集まってきている。

元関取が始めた口入れ屋だけに、むろん店の者はみな相撲好きばかりで、これでは開店休業も同然で、商売になりそうもなかった。

「いやァ、こんどの勧進相撲は人出が多いから警備が大変らしいよ。寺社奉行所の役人が大勢出てきて、小屋の周りを厳重に見張るそうだ」

辻歯医者の藤次が、八兵衛の後ろから頭を突き出して言った。

「そうさ、おかげで露店にも、あれこれうるさいことばかり言ってきやがる。これじや、商売あがったりだ」

「おめえのような怪しげな歯抜きじゃ、役人が目を光らせるのも無理はねえさ」

八兵衛が藤次をからかうと、

「おめえの暦占いだって、ちっとも当たらねえ。暦だって闇だろう」

藤次が切りかえした。

この当時、暦の販売は公認の商人に限られており、八兵衛の露店で売っている暦はむろん偽物である。その暦を元にした占術はむろんである。

「将軍様は大の相撲好きって言うからな。志賀之助に不利があっちゃいけねえって、肝入《きもい》りなんだろうよ。相手の仁王仁太夫の後ろ楯は家光様の喧嘩相手の紀州の龍だっていうぜ」

一心太助が、どこで耳に入れてきたのか、皆が気になる話を披露した。

助五郎と女将が、顔を見あわせて笑うと、

「困った将軍さまだな。下手《へた》の横好きで皆に迷惑をかけているようだ」

さっきから番付表に見入っていた家光が、ふと振りかえって苦笑いした。

「なに、不備があっちゃいけねえからな。志賀之助はともかく百蔵の試合だけは、不平のねえようにしてもらいてえ」

放駒では志賀之助の取組以上に、百蔵の取組が気になるらしい。

「で、あんた。百蔵さんの相手は？」

お角が、親方の腕を揺すった。

「伊豆疾風は、新入りだから相手は、下っぱだ。このあたりの若造についちゃ、おれは知らねえな」

と言うより、本当は親方は近眼《ちかめ》で細かい字が読めないのである。

そんなわけで番付表の大きな字にばかりじっと目を凝らしていた親方に代わって、自分で買いためてきたくしゃくしゃの番付表を覗いていた虎ノ助が、ざわりと鬚を撫でた。

「どれどれ、滝ノ川《たきのがわ》か」

八兵衛が、茶を淹れて盆に乗せてきたおもとに告げた。

「そいつは仁王仁太夫の門弟の新入りだ。なに、きっと伊豆疾風なら相手にもならねえよ」

虫売りの彦次郎が、虎ノ助の番付表を覗いていた。

「なんで、おめえがそんなことまで知ってるんでえ」

助五郎が、あきれた顔で彦次郎を見かえした。香具師の三人は、百蔵の相手が気になって、町で評判を拾ってきたらしい。

おもとは淹れてきた茶を、助五郎夫婦の膝元に置く前に、

「はい、徳ノ助さん」

家光の膝元にていねいにすすめた。

「ちっ、おもとちゃんのお気に入りは徳さんかい」

八兵衛がふてくされる。

「いいえ、そんなわけじゃ。徳ノ助さまには、弟がひとかたならないお世話になっております。お礼の気持ちです」

家光は、心苦しそうに皆を見まわして、

「ありがとう」

なにくわぬ顔で、おもとが淹れた茶を啜った。

と、玄関のあたりが急に慌ただしくなった。

「てえへんだ。徳さんはいるかい」

一心太助である。

太助は、荒い息をついて、勝手知った〈放駒〉の居間にどかりと座りこんだ。

「どうした、太助。騒がしいぜ」

　助五郎が、野太い声で訊ねると、

「一大事だ。これが蚊の鳴くような声で言えるかい。見たこともねえ南蛮船が江戸湾に現れたそうだ」

「なんだと！」

　家光が、茶碗を置いて太助に向き直った。

「ゆんべのことだ。といっても四つ（十時）をまわった時分というから、江戸じゅうが夢のなかだ。江戸湾の大安宅船のすぐ脇を、急旋回する船がある。見たこともねえ南蛮船で、深夜の刻限だから、見た者はそう多くはねえが、あのあたりじゃちょっとした騒ぎになっている」

「誰か夢でも見たんじゃないのか。おまえは、それをどこで聞いた」

　助五郎が、からかうように太助に問いかけた。

「相模屋さんだ。相模屋さんは、佃島の漁師の石川源次《いしかわげんじ》さんから聞いたって話だ」

　石川源次は難波《なんば》佃島の漁民で、家光の祖父東照大権現家康公が、江戸湾の漁業権を与え、小さな島を与えている。家光はいちど訪ねたことがある。

「石川源次さんの話なら、まことにちがいない。南蛮船は一艘か」

「いや、なんでも黒い帆船が何艘も従っていたらしい」

「南蛮船はおそらく、長崎にも出現したという船と同じものだな」

家光が、憶測してみた。

「おいおい、徳さん。まさか戦さになるんじゃないよな」

太助が、考えこんでぶるんと背筋を震わせ家光を見かえした。

「なに、幕府を挑発しているだけで、砲撃まではしてくるまい」

虎ノ助が、鷹揚に構えて番付表にもどった。

「それにしても大胆不敵な南蛮人だよ。悔しいねえ。なんだか弄《もてあそ》ばれているみたいだよ。なんとか追い払えないものかね。大安宅船で大砲をぶちかましてやるといいよ」

お京が、威勢のいいことを言う。

「まあ、そう血の気の多いことばかり言うな、お京。国どうしが争えば、それこそ日本じゅうを巻きこんだ大戦さになるのだ」

「そうだろうけどよ、徳さん。お江戸の内海にまで乗りこんでくるとは悔しいじゃねえか」

太助は、大胡座に組んだ膝を、固めた拳でたたいた。

「だが、大船が完成すれば、いよいよ向かってくるかもしれぬぞ」

虎ノ助がふと真顔になると、声を潜めて家光に耳打ちした。

「うむ。絵図面の片割れも揃ったであろうからな。後は、建造にとりかかるだけだ」

「気になるのは、伊達藩の動きだ。たとえ政宗公にその気はなくとも、留守居役一味が動いているともいう」

「その話ですが……」

虎ノ助の後ろで、鈴姫の声があった。

さっきから妙におとなしく茶を飲んでいると思っていたが、家光になにかを伝えにきたらしく、皆の前でそれを披露するわけにもいかず、機会をうかがっていたらしい。

「鈴姫は、これまでどこに行っていたのだ」

「わたくしは、このところ女歌舞伎に入れあげておりました」

「危ないことをする」

家光が心配そうに鈴姫を諭した。

「なに、客として観るぶんには大丈夫でございます。それに、虎ノ助どのの名が役に立ちました」

「わしの名を。鈴姫、なにをしたのだ」

虎ノ助が、驚いて鈴姫を見かえした。

「虎ノ助どの。ちょっとこちらに」

鈴姫が、虎ノ助の袖を引いた。

「おや、猫が虎を引っぱってるよ。内緒ごとかい」

八兵衛が、部屋を出ていく二人をからかった。

やがて部屋にもどってきた二人が、またなにくわぬ顔で茶を飲みはじめた。

なにやら話しあったらしいが、家光にも見当がつかない。

助五郎がお角に目くばせし、いきなり騒ぎだした。

「めでたい。ともあれ、伊豆疾風が晴れて力士になって、こうして番付表に載ったのはなによりだ」

バシバシと百蔵の肩をたたくと、お角が立ちあがり、

「そうだ、あの樽の割れちまった酒、早く飲まなきゃ、酢になってしまうよ。おもとちゃん、手伝っておくれ」

元気よく声をかけると、おもとも嬉しそうに立ちあがった。百蔵が手伝おうと姉の後を追おうとすると、

「おまえは、今日から力士さまだ。でんと構えていろ」

助五郎の声が飛んだ。

「太助、ありったけの売れ残りをもってこい。全部買う」

「ありがてえ、親方」

「そのかわり、魚を捌くのはおまえの役目だよ。石川の兄弟三人も手伝ってやりな」

「わかってるよ、女将さん」

威勢よく応じると、太助と香具師の三人は、お角の後を追って台所に消えていった。

助五郎が、家光の正体を知る者だけが残ったのを見て、家光を促した。

「さあ、徳さん。なんでも話していい」

と言ってから、

「おっと、こいつがいた」

虎ノ助が、百蔵の肩をたたいた。

「おまえ、やっぱり姉さんの手伝いをして来い」

「へい」

首をかしげながら、台所に消えていった百蔵を見送って、

「じつは鈴姫の話ですが……」

と家光に言った。

「わたくしから話します」

鈴姫が虎ノ助を制して、膝を詰めた。

「伊達藩留守居役は、国表《くにおもて》としきりに接触を計っております。イスパニアに派遣したサン・ファン・バウティスタ号の建造に携わった船大工を狩り集めているようす」

「ほう、だが鈴姫、それをどうして知った」

「わたくしは、又四郎に接近したのです。あいつは、あたしの喧嘩仲間なんだけどね」

「ほう、喧嘩仲間か。鈴姫も強くなったものだ」

「ふふ、虎ノ助の名を出したら、急に態度を変えて部屋に入れてくれたのですよ。しんみり話しこんでしまいました」

「そうか。あ奴は、万段兵衛に怨みを抱いている。今後とも、一座の内情をなにかと教えてくれるかもしれぬな」

家光は、そう言って虎ノ助と顔を見あわせた。

「家光さま、もうひとつ、大事な知らせがございます。万段兵衛が瑠璃になにやら相撲のことで指図しているらしいのですが、又四郎の話だと、それが伊豆疾風のことらしいのです」

「それは妙だな。瑠璃にいったいなにをさせようというのか」

「詳しくはわからないのですが、気をつけた方がよろしいかと。段兵衛は悪知恵がはたらきますからね」

鈴姫はそう言ってから、

「これはあたしの勘でございますが、家光さま、ちょっとお耳を」

スタスタと家光の耳元に近寄っていくと、息がかかるほどに顔を寄せた。

「おやおや、鈴姫。また徳さんを誘惑しようってかい」

お京が憮然として鈴姫を睨みつけたが、家光はそれどころではなく真顔で腕組みして話を聞いている。

虎ノ助が、心配そうにそれをうかがった。

六

「家光さま、ご一緒に弓の稽古でもいたしません？」

鈴姫がそう言って、立花邸の内庭に設けた仮設の稽古場で荒稽古に見入る家光のすぐ脇に腰を下ろし、誘いかけた。

小ぶりながら立派な弓を片手に、肩当て小手も着け、すっかり準備ができている。

「ここにお座りになって相撲観戦ばかりなさっておられては、体がなまってしまわれます」

「そうかな」

家光は小首をかしげた。

相撲観戦だけで、結構力が入りうっすらと汗さえかいている。

だが、ここ連日立花邸に通いつめ、相撲に明け暮れる毎日を送っていただけに、たしかに鈴姫の言うとおり、ちょっと体がなまっている気もした。

「それもよいかな」

「されば、こちらに」

誘われるままに立ちあがり、鈴姫について館の内庭に設置した弓の稽古場に向かった。

白黒六重円の霞的《かすみまと》と呼ばれる一尺二寸の弓的が、盛った土砂に据えられており、左右に定紋入りの幕が張りめぐらされている。

「そなたの弓は名人級、女那須与一などと評する者さえある。されば、その腕見せてもらおう」

家光は、なにか鈴姫の秘密を知ったような気分に心を躍らせた。

「家光さまも、お弓の稽古はお好きと聞いておりますが」

「嫌いではない。されば、今日はそなたに挑んでみるとしよう。とても敵《かな》うまいが」

「されば、家光さまからお先に」

鈴姫は、余裕の笑顔を浮かべて促した。

道具をつけて狙いを定めれば、全身に緊張が走り、キリキリと集中力が研ぎ澄まされてくるのがわかる。

放った矢は、中心をわずかに逸れたが、見事な的中ぶりである。

「お見事にございます」

「なんのまぐれだ。されば、鈴姫の腕を見せてくれ」

「されば」

鈴姫の小ぶりの弓は、特注らしくやわらかくしなって、まるで鈴姫と一体に見える。

矢が放たれると、真っ直ぐに標的に向かっていき、中央の正鵠《せいこく》と呼ばれる白点を見事に貫いた。

「すばらしい。これはもう神業だな」

家光は、素直に鈴姫の腕前に感嘆した。

「なんの。まぐれでございます。いつかこのように、家光さまのお心を恋心の矢で貫きたいものと、日夜稽古に励んでおります」

「口の達者な奴。姫は昔と変わらぬな。武道も見事なものだ。あの頃も、竹馬も小太刀もすぐにおぼえ、ただならぬ力を発揮したものであった。だがおれは、なにをやっても敵わなかった」

「いえ、家光さまの武芸は、剣道しかり、弓術しかり、いずれも殿様芸をはるかに越えておられます。さあ、弓のことより二人のお話を」

鈴姫が弓を置いて、じゃれつくように家光の腕にからみついた。

「ほんとうに、当家にお越しいただいただけでも、夢のようでございますのに、ご一緒に弓の稽古まで。鈴姫、もはや思い残すことはございません」

「なにを、年寄りじみたことを申しておる。それは、ほとんど春日局の台詞《せりふ》だ」

「上さま、おばばさまは、いいかげんにご卒業なされませ」

「そうか」

家光は顎を撫でた。

「それにいたしましても、こうして毎日屋敷にお越しいただければ、二人の仲もおのずと深まりましょう」

「だが、鈴姫は幼なじみ。そのような恋仲になるには、ちと親しすぎる」

「それは、悲しうございます。さればわたくしはどうすれば……」

鈴姫は、涙目になって家光を見つめた。

「早う、嫁に行くことだ」

鈴姫は、さらに悲しげに顔を伏せ、

「家光さまのようなお方を知ってしまった今、どのような殿方も色あせて見えます」

家光も困って後ろ首をかいた。

気持ちは嬉しいが、家光は鈴姫とただならぬ仲になれそうもない。とにかく遊び仲間の記憶が強すぎるのである。

「はて、困った姫だ」

苦笑いして、鈴姫からふと目を玄関に向けると、向こうから一心太助が相模屋を引き連れて歩いてくる。

「あ、徳さん、いいところで出会ったよ。相模屋さんが、相撲の稽古を見たいっていうんでお連れしてきた。見せてあげていいだろう」

「むろん、おれはかまわぬが、十郎左衛門に一声かけておくといい」

「そうするよ。それより、肝心の百蔵の姿が見えないが……」

そう言うと、相模屋がいかにも残念そうにうなだれた。

「あら、百蔵さんなら、ご贔屓の人が来て、ぜひ一席設けたいって出ていったわ」

弓を片づけていた鈴姫が話に加わった。

「だが、まだ力士にもなっていないのに、相模屋さん以外にそんな人がいるとも思えぬが」

家光が怪訝《けげん》に思って、鈴姫に問いかえした。

「魚の仲買さんで、相模屋さんとか言っておりました」

「おいおい、相模屋さんはこの人だ」

太助が茫然と鈴姫を見かえした。

「妙なことになったな。そいつはきっと偽物だよ」

当の相模屋が、青ざめた顔で家光に告げた。

「これはひょっとして、百蔵がかどわかされたということかもしれぬな」

家光が眉をひそめて言った。

「きっとそうだぜ。鈴姫、どんな奴が迎えにきたんだ」

「たしか町人風の人だった。陽に焼けたいかめしい形相の男たちと連れだってたわ。

なんだかひどくうちの家士の目を警戒していた」

「赤鞘組の頭《かしら》の家だ。さぞ、恐しかったのだろう。だが、それを知っておる輩だな。そ奴らは、おそらく万段兵衛のところの浪人くずれにちがいない。どこに行くと言ってでかけたのだ」

家光が鈴姫に訊いた。

「なんとかいう船宿で……、両国橋近くの三崎屋《みさきや》とかいう名前でした。そのご贔屓の人が待っているって、たしかおもとさんに、百蔵さんが伝えてあるはずです」

「ならば、おもとにたしかめてくれ、鈴姫」

「わかりました」

鈴姫が、おもとはまだきっと稽古場にいるはず、と駈けていった。

「百蔵を取り返しに行かねば」

家光が、刀をわし摑みにして玄関に向かうと、おもとが反対側から青い顔をして駈けてきた。

「三崎屋と言っていました」

「よし」

「徳ノ助様お一人で行かれるのですか」

おもとが訊ねた。

「他におらぬ」

「ならばおれも行くぜ、徳さん」

一心太助が追いかけてきた。

「やめておけ、相手は町人を装ってはいるが、まちがいなく侍だ。町人の喧嘩とはわけがちがう」

「だがよ」

「それより、放駒にもどって、亜紀か虎ノ助がいたら、両国の船宿〈三崎屋〉に駈けつけるよう伝えておくれ」

「しかたねえ、わかったぜ」

相模屋も心配そうに家光をうかがっている。

太助が相模屋を伴い立花邸を飛び出して行くと、鈴姫とおもとがなにかひそひそと話をしている。

「徳ノ助さま、わたしをお連れください」

鈴姫が、家光の腕をつかんで離さない。

「それはならぬ。姫を危険な目にはあわせられぬ」

「なにを仰せです、徳ノ助さまを危険な御立場に立たせることはできません。さきほどわたくしの弓の腕をご覧になったはず。小太刀も中条流を修めております」

「だが、こたびは弓の出る幕はなかろう」

「いえ、弓は、遠くから射ることも可能でございます」

「しかたない。姫はおれから離れているのだぞ」

「ならば、あたしもぜひお連れください。弟のことが心配で、居ても立ってもいられません。きっと何かのお役に立つと思います」

おもとが家光にすがりついた。

「だが、争いの場にそなたを連れて行くわけにはいかぬ」

「いえ、弟の救出にきっとなにかのお役に立つはず」

「鈴姫、十郎左衛門はおらぬか」

「あいにく兄は今、組の寄り合いに」

「やむをえぬ。なればついて参れ」

家光の言葉に、どこか悲壮な覚悟が籠もっていた。

七

幕府開闢《かいびゃく》以来、三十五年、この当時の両国は船乗り相手の簡単な宿泊施設ばかりで、木賃宿とさして変わるものではない。

ただ、川沿いに設けられているだけに、玄関とは別に川に面した出入り口があり、川から上がってくる客も多い。

宿ごとの小さな船着場には、数艘の屋形船が碇泊していた。

家光と鈴姫、おもとの三人は、土手側から〈三崎屋〉をうかがい、宿のようすをたしかめた。

「ここは船宿だ。他の客の目もあるので百蔵と争うことはあるまい。百蔵をこんなところに呼び出してどうするつもりであろうな」

「さあ、酒に酔わせるなり、騙してさらに別の場所に連れて行くなりしたのでございませぬか」

鈴姫が言う。

「さらに連れ出すのであれば、なにか動きがあるかもしれぬ」

三人はしばらく宿の様子を見ていたが、なかなか中の動きが摑めなかった。

「埒《らち》が明かぬ。宿に入って、まだここにおるか確かめるよりあるまいな」

そう話が決まって、三人は、玄関から入って休息したいと告げると、宿の小女《こおんな》が小腰をかがめてけげんそうに三人を見まわした。

「お泊まりで？」

「いや、ちと休みたい。酒膳の用意はできるか」

「まあ、そりゃ宿屋でございますから」

小女は、そう言って三人連れを見た。男一人に女二人の三人連れに首をひねりながら、

「なら、お上がりを」

と三人をいざなう。

「ところで、この宿に相撲取りのような体の大きな男がこなかったか」

とその女に訊ねた。

「一刻ばかり前に、大勢の侍と一緒にいらっしゃいましたが」

「そうか」

三人は顔を見あわせ、

「その者らが借りた隣の間は空《あ》いているか」

「空いておりますよ」

小女は、急な階段を上がって三人を奥の一室に案内した。

「まずは酒だ。三合ほど用意してくれ。肴はなんでもいい」

「わかりました」

女が去るのをたしかめて、隣室に聞き耳を立てたが、人の声がまったく聞かれない。

「わたくしが探って参ります」

鈴姫が部屋を出て、しばらく廊下をうろうろしてもどってくると、

「徳さま、隣の部屋には人の気配がありません」

がっかりしたように言った。

すると、別の女中がやってきて、そそくさと酒膳の用意を始めた。

「関取と連れの男たちは、いつ出ていったのかね」

「さあ」

女中は皆目《かいもく》見当もつかない、といった様子である。

「帳場に聞いてきてくれぬか」

家光が、一分金を心付けに手渡すと、女中の顔がにわかにほころんで、

「ちょっと、待ってくだされ」

よほど一分金が嬉しかったのか、階段を駈け下りていった。

「ついさっき、船で出ていったそうだ」

もどってきた女中が、仏頂面《ぶっちょうづら》な田舎言葉で伝えた。

「関取も一緒だったのであろうな」

「そのようですが、大男はべろんべろんに酔っていたそうだ。でも、酔っているというより、なんだか眠そうな感じだったというよ」

「眠そう……？」

「徳ノ助さま、なにか薬を飲まされたのかもしれません。薬草のなかには眠気を誘うものもあると聞きます」

「うむ。その話はおれも聞いたことがある。おそらく酒に混ぜて、気づかれずに飲ませたのだろう。睡魔に襲われ、正気を失っていたかもしれぬ」

「かわいそうな百蔵。徳ノ助さま、なんとか助けてもらえませんでしょうか」

おもとが、家光にすがりついてくる。

「その男たち、百蔵の命を奪うようなことは……」

おもとは自分の言葉におののきながら、家光の顔をうかがった。

「正直、なんとも言えぬが、取組前日にかどわかしたところをみると、明日出場できぬようにさせるのが目的だろう。命を奪うまでのことはせぬと思うが」

「わたくしもそう思います」

鈴姫も、おもとを慰めるように言った。

女中は、とんでもないことが起こったらしいと思いはじめ、深刻な眼差しで三人を見つめた。

「その人たちは、裏の船着場から出ていったそうだよ」

「どちらに向かったかわからぬか」

「川上の方角さ、向かったそうで」

「船頭はもどっているのか」

「あいにく、まだのようです」

「よし、とにかくその船を追っていこう。私たちにも船は用意できるかね」

「今ちょっと、まともな船は全部出払っていますが、古い船なら一艘」

「それでいい。船を操ることのできる者はおるか」

「さあて、船頭も出払っているようだ」

申し訳なさそうに女中が言った。

「困りましたね、徳ノ助さん」

おもとをちらりと見て、鈴姫が顔を伏せた。

おもとは、青い顔でじっと不安に堪えている。

「まあいい、なんとかなるだろう」

「よかったら、まだ一人前じゃないけど、見習いの船頭が一人いるが、それじゃだめかね」

女中が、遠慮がちに家光に訊いた。

「船頭がいなければ、船は動きません。とにかく、やってみてはいかがでしょう」

鈴姫の言葉にひとまず乗って、家光はその男に船頭役を頼むことにした。

宿の払いを済ませて船着場に出てみると、吾作《ごさく》という名の若い船頭が、ほとんど朽ちかけた屋形船の脇で三人を待っていた。

「頼むぞ」

家光が声をかけると、

「とにかく、やってみまさァ」

なんとも自信なげに言う。

話を聞けば、十日前までは王子《おうじ》で牛蒡《ごぼう》を作っていたという。

「百姓が棹を握るか。まあ、それも一興だ」

家光は船頭を元気づけ、肩をたたいた。

船頭が屋根の上に飛び乗ると、やがて船はゆっくりと船着場を離れていく。

あちこちから軋んだ音が立ち、なんだかわずかずつ船が沈んでいくような気さえする。どこかで浸水が始まっているのかもしれない。

「大丈夫でしょうか」

おもとが、また不安げに家光に声をかけた。

もちろん舟のことではなく、弟百蔵のことである。

「大丈夫だ。きっともどってくるよ」

とはいえ、家光にもその確証はない。

「徳ノ助さま」

鈴姫が小声で大事を告げた。

船底が濡れはじめているという。

「やはり浸水していたのだな」

「ごくわずかずつですが……」

おもとが言った。

父を船大工に持つだけに、おもとは船に詳しそうである。

それでも、船は少しずつ動いているようであった。

すでに半刻（一時間）が経過している。

「それにしても、なんだか見たような光景だ」

家光は落ちつかない気分で外の景色に目をやった。

障子窓を開けて川沿いの光景を見わたすと、右舷の方角の川岸に白い蔵がずらりと立ち並んでいる。

「あれは幕府の米蔵ではないか」

「まちがいありません、徳ノ助さま」

おもとが言う。

「なんでしょう、あれは」

鈴姫も窓から首を出し、目を細めて船外の景色を見まわした。

「大きな船が見えています」

「なに」

鈴姫の視線の先、たしかに巨大な船が碇泊している。

「なんだ、あれは。〈天下丸〉ではないか」

家光は、あっけに取られて声をあげた。

まぎれもない。家光が発注し、幾度も自身も乗船し、甲板で酒盛りまでやった幕府の大安宅船である。

「おい、この船は河口に向かっておるぞ」

家光は、屋根の上で棹を使う吾作に向かって叫んだ。

「あっ、こいつはいけねえ」

吾作は、大慌てで船を旋回させた。

ようやく向きが変わったものの、船はあいかわらず遅々として進まない。

「どうしたのだ、吾作」

「それが……」

いかにも苦しそうに吾作が言う。

「見て参りましょう」

鈴姫が格子窓を開き、滑るように半身を出して、船側から器用に屋根の上に這いあがると、

「徳ノ助さま、船頭が流れに逆らい、棹を操るのはとても無理と申しております」

「船頭が棹を操れぬでは、流されるばかりではないか。これでは江戸湾に出てしまう

ぞ」

家光はとんでもない船に乗ったものだと狼狽した。

「しかたがありません。私が」

いきなり立ちあがり、おもとが鈴姫を追って外に飛び出すと、器用に屋根に昇っていった。

船はゆっくり前進を始めた。

「さすが船大工の娘だ」

家光が、すっかり感心しておもとに声をかけると、

「あたしは父の造った船を、なんども棹をとって操りました。これくらいたやすいものです」

逞しい声でおもとが応えた。

「でも、遅い船です」

屋根の上で、おもとが苛立っているのが聞こえてくる。

百蔵を救い出すには、一刻の猶予もない。

船は、首尾の松を左手に見て、さらに北上していた。

両国を出て、すでに一刻（二時間）が過ぎている。

このぶんでは陽がくれてしまいそうだった。

「これからちょっと、うちの工房に立ち寄ります」

花川戸に達したところで、おもとが叫び、船を岸辺に寄せた。

「どうしたのだ」

「一艘、処分に困って置いたままの船があるんです」

「乗り替えろと言うか」

「お父っつあんの造った船のほうが、うんと速いはずです」

「そうだったな、相模屋の話では、伝蔵さんの船は、南蛮船の龍骨を採り入れたということであった」

「おまかせください」

おもとは船を左岸に寄せると、

「あそこです」

岸辺の小屋を指さした。

そこがおもと、百蔵姉弟の工房だったらしい。

脇に一艘、小船が係留してある。

皆、揃って下船し、力をあわせて船を川に曳き出し浮かべると、おもとの櫂で船がスルスルと陸を離れていった。

「たいしたものだな」

家光が、鈴姫と目を見あわせて感心した。

なるほど、小船はさっきの老朽船の倍以上の速度で隅田川を上《のぼ》っていく。

「おおい！」

どこからか、男の声があった。

上流から、空《から》の屋形船が近づいてくる。

「あっ、親父さん」

吾作が声をあげた。

どうやら百蔵を乗せてどこかに向かっていた屋形船が、もどってきたらしい。

船内を覗きこめば、たしかに空である。

「どこまで行っただ」

吾作が屋形船の船頭に声をかけた。

「木母寺《もくぼじ》近くの馬小屋まで行った」

木母寺とは、隅田川右岸から水路を分け入り、しばらく行ったところにある寺である。

船頭の話では、一行は泥酔した百蔵を休ませると言って、その馬小屋の藁束《わらたば》の上に横たえたという。船頭もそれを手伝わされたらしい。

「とんでもねえ大男だった。ありゃ、相撲取りか」

「そうだ」

家光が、屋形船の上の船頭に応えた。

「木母寺の脇とは、どのあたりです」

鈴姫が声をかけた。

「寺の北側だよ。大きな櫟《くぬぎ》の木があった」

船頭が言った。

「それはいい」

家光は、鈴姫、おもとと顔を見あわせた。

「吾作、あの船頭と、これでいっぱいやってくれ」

家光が吾作に小判を一枚手渡すと、

「こんなに貰うようなことは、なにもしてねえよ」

吾作は、驚いて家光を見かえした。

「いや、ひと一人の命が助かるかもしれない大事な仕事をしてもらったのだ。それに、あの船頭には、よいところで出会えた」

「それじゃあ」

吾作は事情もわからぬまま、小判を拝むようにして受けとると懐に収めた。

おもとの櫂さばきで、ふたたび水を得た魚のように軽快に滑りだした小船は、やがて隅田川を右に折れて、内川という水路に入っていった。

「木母寺なら、ここからはすぐ近くです」

鈴姫は元気のいい声を出した。かつて、兄の赤鞘組の仲間と、よくこのあたりまで遠出したと言う。

この一帯は家光にも縁のある地だが、おもとの手前言えなかった。たびたび鷹狩りに訪れている。

このあたりは後に、『名所江戸百景』に選ばれ、浮世絵に描かれている。風光明媚な田園地帯で、木母寺の前方には幕府の菜園があり、季節の野菜が折々城に献上されている。

船を降りると、夕闇のなか、木母寺がひっそりとたたずんでいた。

寺の前のよく手入れされた松の木立が美しい。

「ここが木母寺です」

鈴姫が家光とおもとに寺の由来を語ってきかせた。

鈴姫によれば、この寺は忠円《ちゆうえん》という高僧が、貞元《じようげん》元年（九七六）、京から人買いによって連れてこられ、この地に没した梅若丸《うめわかまる》を弔《とむら》って、梅若寺《うめわかじ》という小さな寺を建てたことが始まりという。

「へえ、鈴姫さまはもの知りだ」

おもとが感心した。

人気《ひとけ》のない寺の裏手にまわり、あたりを遠望すれば、なるほど畑のなかにぽつんと櫟の木が一本屹立し、その傍らに馬小屋らしきものが見えている。

「あそこのようだな」

「そのようでございますね」

鈴姫が家光を見かえしうなずいた。

「さて、どうして助け出すか」

家光は、腕組みをすると、眉をひそめて考えた。

百蔵を人質に取られているので、手荒なことをすれば命が危ない。

しかもこちらは二人、相手はそうとうの数で警護しているものと思われる。

「とにかく近づいてみよう」

家光はおもとに寺の裏手で待つように言うと、鈴姫を誘って歩きだした。

馬小屋は馬が数頭飼われているらしく、人家ほどの大きさがある。

「百蔵はこのなかだよ」

家光は鈴姫に振りかえって語りかけた。

馬小屋から半丁ほど離れたところに焚き火の火が見えた。

夕闇のなか、人影が蠢《うごめ》いている。

「私が前にまわってあ奴らをひきつける。姫は小屋の裏にまわってほしい」

「おまかせください」

「そなたは、木登りが得意であったな。あの櫟の木に登れるな」

「むろんでございます」

「櫟の枝から馬小屋の屋根に飛び移れるか」

「大丈夫でございます。軽々と飛び移ってみせましょう」

「音は立ててもかまわぬ。かえって小屋のなかの者をおびき出せる。屋根の上からでは、ようすがわかるまいが、なかの者らが飛び出してくれば、小屋のなかは空《から》になる。隙があれば、飛び降りて、まず百蔵を助け出してくれ」

「なんとも、武者震いがいたします。それよりも、前にまわった徳ノ助さまが心配でございます」

「なに、これでも新陰流の免許皆伝だ」

「それにしても、太助はなにをしているのでございましょう。虎ノ助どのとも亜紀どのとってもまだ連絡が取れないのでしょうか」

「なに、あの二人などをあてにせずとも、われらで大丈夫だ」

鈴姫は覚悟を固めてうなずいた。

おもとが、遠くから心配そうに二人を見ている。

家光と鈴姫は、身を沈めて馬小屋に近寄っていった。

さいわいつるべ落としに陽が沈み、夜の帳《とばり》が降りようとしている。

二人の頭上を鳶《とび》が数羽、弧を描いて舞っている。

「では、行って参ります」

鈴姫が家光と別れて駈け出し、あっという間に櫟の木に登って馬小屋の屋根に懸かる枝に移っていった。それを見とどけて、家光は馬小屋の前方にまわった。

灌木の茂みから馬小屋をうかがえば、二人の見張りが立っている。

目を転じれば、遠くにあった焚き火の火がだいぶ近くに見えている。そこで荒くれ男たちが、火を囲んで、酒を飲んでいるらしい。

わずかに語りあう声も聞こえてくる。

厳重に見張りを立てているところを見ると、どうやら百蔵の命に支障はないらしい。

おそらく馬小屋のなかで眠らされているか、縛りあげられているのであろう。

と、小屋のなかでいきなり叫びが聞こえた。

小屋のなかにも人がいたらしい。

おそらく鈴姫が、屋根から飛び降りて、その見張りを倒したのにちがいなかった。

小屋のなかの叫び声を聞きつけ、焚き火を囲んでいた男たちが、刀を摑んでこちらに向かってきた。

戸の前に立つ男たちが、抜刀して身がまえ、恐る恐る戸を開いた。

小屋の奥に藁が積み上げられ、百蔵が縛り上げられ横たえられているのが見えた。

その前に人影がある。鈴姫である。

黒の紋付に、縞の女袴、脇差しを帯びたその姿に、番をしている男がぎょっとして立ちすくんだ。

鈴姫が一歩前に踏み出すと、二人がいっせいに斬りかかった。

鈴姫はわずかに体をかしげただけでかるがると剣刃をかわし、男たちの体を取って投げ飛ばす。

「よくやった、鈴姫」

家光が飛び出していくのと、十人ほどの荒くれ男が駈け寄ってくるのは、ほとんど同時であった。

「ここは私でじゅうぶんだ。そなたは、早く百蔵の縄を解いてやってくれ」

家光は鈴姫の腕をとった。

「しかし……」

「なに、私なら心配はいらぬ」

家光はすばやく抜刀し、刀の峰をかえすと、駈けてきた荒くれ侍に向き直った。

侮辱されたと見たか、男たちが数人、どっと前に踏み出してくると、上段に振り上げた刀を次々に撃ち下ろしてくる。

縫うようにしてその白刃を潜りぬけた家光は、やがて小声で小さな拍子をとりはじめた。柳生新陰流独特の剣の拍子である。

あざけられたとみた男たちは、刀を翻し、ふたたび撃ちこんできた。

家光はそれを軽々とかわしてよけながら、剣を交えることもなく男たちの胴を抜き、小手をたたいた。

舞うようななめらかな動きで荒くれどもをしとめていく。

男たちは苦悶の叫びをあげ、地にうずくまる。

鈴姫は小太刀を抜き払い、これも峰をかえして、剣刃のなかを泳いで楽々と縫うようにしとめていった。

骨が泣き、苦悶の声があちこちであがった。

「おらも、こいつらにおかえしをしてぇ」

鈴姫の手で縄を解かれ、馬小屋を飛び出してきた百蔵が、太い枯木の幹を抱えあげ、どっと乱闘する男たちの間に割りこんできた。

風車のように振りまわせば、荒くれたちは近づくこともできない。

「食らえ」

百蔵は枯木をさらにぶん回すと、ついに男たちはたまらず四散していった。

「百蔵、よくやったな」

家光と鈴姫が百蔵に駈け寄った。

「なんの、これくれぇ。それより徳ノ助さん、鈴姫さん、ありがとう、命拾いしたよ」

百蔵がペコリと頭を下げると、寺の方角からおもとと虎ノ助が駈けてくるのが見えた。

「百蔵、大丈夫だったか」

「姉ちゃん、ほうらこのとおりだよ」

百蔵はおもとの手をとっていくどもうなずいた。

「徳さん、すまん。間にあわなかった」

虎ノ助がすまなそうに頭をかいた。

「なに、これだけの者、我らでじゅうぶんだった。鈴姫や百蔵の活躍を見せてやりたかったよ」

家光がうずくまる男たちを見下ろして言った。

鈴姫が言った。

「なんの、このたびの功労者はおもとさんです」

「そうだな。あの船の速さは、船の造りのよさだけじゃない。弟の身を案じる姉の思いが、船を走らせたんだ」

「ありがてえ。ありがてえ」

百蔵はなんどもなんども頭を下げた。

「ならば、百蔵。富岡八幡宮の勧進相撲では必ず勝って皆に報いるのだ、よいか」

「ああ、きっと勝つよ。勝ってみせる」

百蔵はこぶしを握りしめ、ぶ厚い胸をどんとたたいた。

第五章　竜の目に涙

一

「忠勝、まだ現れぬか」

家光は荒々しい潮風のなか、大安宅船〈天下丸〉の甲板から闇に包まれた江戸湾の海上を見まわして、苛立たしそうに叫んだ。

連日のように現れる南蛮船と、紀州藩のものと思われる黒船の群を、隅田川河口でじっと待ちかまえているのであった。

ひやりとするほどの冷たい夜気が、家光の頬をなぶる。

無数の星々と三日月が、海と夜空の境界もない漆黒の闇に浮かんでいる。

「あっ、見えました」

彼方で、見張りの水夫の声があった。

「うむ」

家光が、南方の沖を睨んだ。

灯りが、ポツリと浮かびあがっている。

大船が、ゆっくりとこちらに向かっているのがわかった。

「上様、どうやらまちがいありませぬな。これをお使いになられまするか」

向井忠勝が小声でそう言い、長い円筒形の遠眼鏡を家光に手渡した。

それを受け取り覗いてみると、なるほど闇のなか、ほとんど灯りを落とした大小の帆船が数隻、こちらに向かって江戸湾を北上してくるのがわかった。

「小癪《こしゃく》な奴らめ。備えは」

「この〈天下丸〉には、船側に六門の大砲を備えてござりますれば、すぐにも発砲することができましょう」

「相手が撃ってくればやむをえぬが、そうでなければかまえて撃たぬように。撃てば、それが国と国との合戦の口火となる」

「心得てはおりますが……」

忠勝は、夜ごとこちらを嘲笑《あざわら》うように出没し、〈天下丸〉のすぐ脇をかすめていく南蛮船に怒りを溜めている。

「ただの挑発であろうが、それにしても大胆なものよ。武士の都であるこの江戸前の内浦に船をすすめてくるとは」

家光が、怒りを抑えて言った。

「それにしても、なにゆえイスパニアは、ここにきてわが国にこれほど強気な態度を見せておるのでございましょうか」

向井忠勝は、太い眉のすぐ下の大きな双眸を見開いて訝しげに言った。

海風が強まり、しだいに二人の声も大きくなっている。

「おそらく、叔父上となんらかの約定《やくじょう》を結んだのに相違あるまい。あ奴ら、異国の領土への野心がことのほか強い。叔父上はいずれかの地を奴らに割譲《かつじょう》すると空《から》約束したのかもしれぬ。あるいは、叔父上の手元には絵図面が揃い、船大工も着々と準備を始めているのかもしれぬな。とにかく自信たっぷりだ」

「困った御仁でございますな、紀州公というお人は。神君家康公のお心を、なんとお考えでございましょう。異国を巻きこんでの戦さは、国を滅ぼすことになりかねぬことがまるでわかっておられませぬ」

「うむ。そのとおりだ」

家光は、ふたたび遠眼鏡を覗きこみ、接近してくる大型帆船を確認した。

中央の帆船に並走する暗い船影がいくつか見える。

闇にただようその数をかぞえてみれば、六、七艘はあろうと思われた。

中央の南蛮船を護衛するように、小型の帆船が前後左右と囲む陣形である。

「今宵は、これまでとはようすがちがいまするな。これほどの船団を駆《か》り出してきたとなれば、まこと戦さの覚悟もあるものかと思われます」

「この船に余がおること、摑んでおるのやもしれぬな」

「それも考えられましょう。江戸城内には、頼宣公に通じる者が多数おるとか。危のうございます。さればここは、いったん退却いたしますか」

「なに、退却と申しても、この船の船足ははるかに遅い。逃げきれようがないではないか」

「されば、近づいてきたところを、大砲を撃ちかけてみまするか」

「戦さは、叔父上の思うところ。ここは辛抱じゃ」

家光は、苦虫を嚙みつぶしたようにまた遠眼鏡を覗いた。

右手、船手奉行の館、いわゆる将監屋敷には、いざ戦さとなればすぐに出動すべく、多数の艦船が待機している。すでに、緊急態勢となり、夜半ながら点々と灯りが点っている。

「上様、前方の灯りが増えております」

「うむ」

中央の船を囲む黒船の甲板に、多数の灯りが点っているのが確認できた。

「これみよがしに力を誇示しておるものと思われまするな。忌《い》ま忌ましいかぎりにござります」

向井将監は、闇のなか、ギリギリと歯ぎしりした。

前方の帆船は、もはやその巨大な船体がはっきり見てとれるほどに接近している。

とその大船が右に旋回し、船腹をこちらに向けた。

「ご覧くださりませ。砲門が開いております」

「うむ」

並走する黒船もつづいて右に旋回し、次々に砲門をこちらに向ける。

「こちらも砲門を開けよ」

家光が、苦渋の決断を伝えた。

〈天下丸〉もゆっくりと旋回を始め、船側を彼方の船団に向けた。

「やむをえぬ。撃ってきたら、すかさず撃ちかえせ。控えの軍船も、至急に出動するように」

「されば、きゃつらの側面にまわらせましょう」

「うむ」

船側できしんだ音を立てて、安宅船の砲門も開く。

「上様、彼方をご覧くだされませ」

向井忠勝が驚いて、右前方に急接近してくる螢火《ほたるび》のような灯りの群を指さした。

どうやら、別の船団が近づいている。

「あの灯りは、いったいなんなのだ――？」

家光が困惑して忠勝に問いかけた。

「はて、わかりませぬ」

忠勝は、急ぎ遠眼鏡を覗いた。

「驚きました。あれは、佃島の漁船にございますな」

忠勝は、安堵して応えた。

「佃島の漁船がなにゆえ集まっておるのじゃ？」

なにが起こったかとっさに理解できず、家光はまた遠眼鏡を覗いた。

「あれは佃島の石川重次殿の船団のようだな。あの大漁旗にはたしかに見おぼえがある」

「はい。つづく船団も、みな家康公が難波《なにわ》の佃島から呼び寄せた森一族の旗を掲げております」

佃島の島民は、徳川家康の命《めい》を受け、長らく江戸湾の警備を引き受けてきた。

三年前、向井将監が船手奉行を勤めるようになって、江戸の護りは引き継がれたが、いまだに江戸湾を護る気概は失われていないらしい。

「頼もしいものだ」

家光は誇らしげに灯りの数をかぞえた。五十を超える灯りが点っている。

途方もない数の大船団である。

黒々とした数隻の帆船を篝火《かがりび》をかかげて取り巻き、今にも襲いかからんばかりの勢いである。

「おっ、動いたぞ」

目を凝らせば、漁船からカキ棹や長い槍が突き出され、縄梯子《なわばしご》で船上に這い上がろうとする者、点火した火器を投げつける者もある。

「海賊さながらに襲いかかっておりますな」

「あの距離では、大砲も撃てまい。このぶんでは船体に取り付き、乗りこんでいくかもしれぬぞ。南蛮人も恐れおののいておろう」

「しかしながら、黒船の甲板では鉄砲を構える者がございます」

「佃島の船団を威嚇するつもりであろうが、なに、揺れる船上から火縄銃では当たるまい」

安宅丸の船員も、船側に寄り固唾をのんで見守っている。

「あれをご覧くだされ」

忠勝が指さす方角、船手奉行の屋敷のあたりに無数の篝火が点った。

黒船を迎え撃つべく、幕府の関船《せきぶね》が大挙して出撃している。

「最後は、我が方の海軍が追い払いまする」

関船からは、威嚇のための嬌声が轟いていたが、やがて黒船が退却の態勢をとると、果敢に大砲を撃ちかけていく。

「あれは空砲にござります」

だが佃島の船団の海賊さながらの投げ焙烙《ほうろく》や、曲佃弥《きよくでんしゆ》を食らった黒船が、一艘また一艘と炎上を始めた。

南蛮船もたまらずに、帆を掲げて急速に逃げ去っていく。

と、一隻の黒船から激しい火の手があがった。

「おお、派手に燃えておる」

「あれは、漁民たちの焙烙によるものでございます」

「つい三年前までは、あの者らが江戸湾の警護に当たっていたのだ。まこと、頼りになるな」

家光が手を打って喝采すると、〈天下丸〉の甲板から、どっと喝采が起こった。

「ご覧くだされ。きゃつら、ひどく狼狽し、船どうし鉢合わせになっております」

「うむ。同士討ちだ。愉快、愉快」

たがいに激突し、船腹を傾ける船の間を、我れ先に逃げていく船もある。

「どの船も、背を向けはじめたな。されば、反撃だ。逃げる船に大砲を撃ちかけよ」

家光が命じると、ややあって大地が轟くような激しい音とともに、〈天下丸〉の砲門が火を吹いた。

逃げていく帆船の近くで、水柱があがる。

「さらに撃て。ただし、狙いは外せよ」

向井将監が高らかに命じると、〈天下丸〉の六つの砲門がまたけたたましい轟音《ごう》をあげて砲弾を放った。

「どうやら勝ったようだの」

家光が、退っていく船団の灯りを遠眼鏡で追いながらつぶやいた。

「勝ちましたな。しかし、また現れるやもしれませぬ」

「なんの、これでだいぶ懲りたはずだ」

「そうでございますな」

「あとは政策だ。止《とど》めだ」

「と申されますと……」

「うむ。策がある」

家光は断固たる決意をこめて唇を引き締め、向井将監を振りかえった。

二

巨船があい入り乱れる凄まじい海戦があって後、富岡八幡宮の大鳥居から本殿に向かう石畳の道は、江戸の男たちで立錐《りっすい》の余地もないほど賑わっていた。

むろん、この日ばかりは信心深い参拝客ではなく、大半が相撲目当てである。

「いよいよだな」

家光は、板張りの簡素な相撲小屋の観客席で、お角の用意してくれた竹籠いっぱいの弁当を早々に頬張る花田虎ノ助に声をかけた。

「おぬし、相撲より飯か」

「いや、緊張をこれで解きほぐしているのだ」

妙な言い訳をしながら、虎ノ助はもう三つめの握り飯をパクついている。

「でも、家光さま。伊豆疾風がまだ現れません」

家光の右隣で、客席を見まわした男装の鈴姫が、しだいに落ち着きを失くしはじめた。

猪牙舟から落ちそうになったこともある伊豆疾風は、用心をとって今日は陸路で柳橋まで出て、そこから大型の屋根船で隅田川を横切り、深川の仙台堀に着く手筈となっている。

船便にした家光らより先に発ったのに、百蔵やおもと、お角ら一行がまだ到着していないのは、途中なにかあったとしか考えられなかった。

家光の脳裏にかすかな不安が過《よぎ》った。

「大事《おおごと》でなければよいが」

家光は虎ノ助と鈴姫を残して立ちあがり、外に皆を迎えに出た。

　と、大鳥居の彼方から、香具師の三人組がこちらに向かってあえぎながら駈けてくる。

「どうしたのだ」

　三人とも駈けどうしだったのか、ひどく息を切らしている。

「どうもこうもねえよ。柳橋近くまできたところで、妙な荒くれ者に足どめを食らわされた」

　八兵衛が苦しげに言った。

「妙な荒くれ者?」

「ありゃ、段兵衛の飼い犬たちだ。百蔵が相撲に出るのを邪魔しようってんだろう。姑息なことをしやがる」

「で、どうした」

「多勢に無勢だったが、おれたち三人のはたらきでなんとか追い払った」

「そうではあるまい。亜紀が追い払ったのだな」

　家光を追って小屋から出てきた虎ノ助が、苦笑いして八兵衛の額をつついた。

「ま、まあ、そういうことにはなるかな」

「聞こえたよ。あんたたち、どうせ亜紀さんの後ろで震えあがっていたんだろう」

女の身として小屋に入れず、社務所の陰に立って家光を見つけていたお京が駈け寄ってきて、三人の弟分を見かえした。

「して、首尾よく敵を追い払えたのか」

家光が訊いた。

「とりあえずは。だが、相手は段兵衛一味だし、紀州の殿様も控えている。これで済むはずもねえと思って、ひとまず徳さんや虎さんに知らせにきた。百蔵たちは柳橋から別の大船でこっちに向かったところだ。迎えに行ってやってほしい」

ほろ酔いの彦次郎が言った。

「わかった。柳橋から船便にしたのはよい策であった。水の上までは追ってこられぬからな」

「だがよ、陸に上がってからは走りづめで、みな息が切れている。これ以上は走れねえ。これじゃ、取組に間に合わねえんじゃないかい」

「その件はなんとかしよう。ここで待っておれ」

家光は小屋にもどり、向こう正面に大仏のように腕を組んで座っている明石志賀之助に、伊豆疾風の取組を後にまわすよう頼むことにし、勧進元《かんじんもと》と交渉させた。

志賀之助のたっての頼みとあって、勧進元は、

——お上《かみ》には内緒で、
と、否応もなく同意した。

この話を聞いて、

「まずはよかったな」

みな安堵し、顔を見あわせて迎えの支度を始めた。

「わたくしも、参りとうございます」

男装の鈴姫が、朱鞘の脇差しをつかんで家光の前に立ちふさがった。

派手な朱鞘の脇差しは、兄のおさがりである。

「やめておけ、相手は熱くなっている。剣の達人もいる。この前のようにはいくまい」と家光が諭せば、

「いいえ、後《おく》れをとる鈴姫ではございません」

と、ひき下がらない。

「なれば、別の頼みを聞いてくれ」

家光は鈴姫を、なだめすかすと、

「十郎左衛門に応援を頼みたい。仙台堀から永代通りに出る。急行せよとな」

「しかたありませぬ。ならば早速」

渋々、鈴姫は家光に応じた。

鈴姫が駈けだしていくのを見さだめて、家光と虎ノ助は香具師の三人の道案内で仙台堀へと急行した
「あっ、徳さん……」

家光と虎之助を見つけた放駒助五郎が向こうから駈けてくると、柄《がら》に似合わない情けない声を出してすがりついた。

伊豆疾風が、取組に間に合わなくなったことを、ひどく悔いているのである。

百蔵は、緊張のあまり青ざめた顔をして、言葉も発することができないらしい。

志賀之助に頼んで、伊豆疾風の取組は後にまわしてもらったことを家光が告げると、

「それじゃ、まだ間に合うのだね」

百蔵は安堵のあまり、その場にへたりこんだ。

仙台堀から永代通りに向かったため、米蔵のつづく仙台堀の川沿いを歩いていくと、町の男は皆相撲見物に出かけてしまったと思われるほど人の姿がない。

「このぶんなら、もう襲ってくるおそれはないかもしれないな」

家光が、安堵して歩きだしたその時、

「おっと、待ちねえ」

いきなり土蔵の陰から荒くれ者どもがばらばらと姿を現し、川沿いの道に人の壁をつくって一行をさえぎった。

「やっぱり、この道だったぜ」

遅れて荒くれどもの後から歩いてきたのは、万段兵衛である。

「あいにくだったな、おめえたち。ここが年貢の納め時だ。観念しなよ」

近眼らしい万段兵衛は、家光にグンと顔を近づけて言った。

「その言葉は、そっくりうぬらへ返そう」

家光が言った。

「ぬかしやがる。おめえたち、こいつらをなますに刻んでしまえ。天下の形勢ががらりと変わる」

段兵衛が、家光を見て、煙草焼けした浅黒い顔を歪めて笑った。どうやら段兵衛は、家光の正体を頼宣から聞いて知っているらしい。

「段兵衛、我らも助勢いたす」

荒くれ者の背後から、いきなり黒ずくめの一団が現れた。

いずれも黒の頭巾に黒の紋服姿の忍び装束かと思えるほどの黒ずくめである。羽織の定紋も消している。

「出たな、龍の飼い犬ども」

家光が、不敵に笑って一団をねめまわした。

紋服の一団の中央に立っているのは、見たことのある男であった。

朱の袖無し陣羽織を着け、鉄扇を摑み家光を睨みすえている。

一度、相まみえたことのある頼宣お気に入りの軍師名取三十郎《なとりさんじゆうろう》であった。

この男は武田家の兵法や忍術を紀州家に伝え、数々の軍学書や忍法書を著し家中で重きを成しているらしい。

「たしか、うぬは紀州藩の忍びを束ねておったな。それにしても紀州藩主が相撲に入れ揚げ、藩をあげて邪魔だてするとはまこと大人げない」

「笑止《しようし》。相撲ごときに我ら紀州の忍者が動くか。これは、主の知らぬ家臣のみの謀《はかりごと》ではあるが、この堀をおぬしの三途《さんず》の川の入り口にしようと出動した」

名取三十郎が目で合図を送ると、紋服姿の一団が、ばらばらと家光を囲んだ。

「よかろう、どちらが三途の川を渡ることになるか、たしかめてみるとしよう」

家光がゆっくりと抜刀した。左右を虎ノ助と亜紀が固める。

「又四郎、出て参れ」

万段兵衛が呼んだ。

土蔵の陰から又四郎と瑠璃が、ふてくされたように姿を現した。

「又四郎。おまえはそこの虎ノ助と五分の腕と聞く。段兵衛、おまえの手の者は、女だてらに剣をふるう、こ奴に当たれ。命を惜しむな。必殺の剣で必ず仕留めるのだ」

名取三十郎が、一同に指示を与えた。

長ドスの一本差しの荒くれ者がじりっと前に出る。いずれも、武術の心得のある男たちと見える。

「されば、参る。虎ノ助、悪く思うな」

又四郎が、居合抜きにすばやく抜き払い、滑るような足どりで虎ノ助に迫った。

「どうした、又四郎。やはり惚れた女に頭が上がらぬか。哀れな奴め」

虎ノ助が吐き捨てるように言うと、又四郎は抜き払った刀を下段に落とした。あまりやる気はなさそうである。

亜紀と家光を囲んだ荒くれ者が十人ほど、いっせいに鍔《つば》をならして刀を抜き払い思い思いに構える。

彼方で、瑠璃が吹き矢を家光に向けている。

家光は左右を睨んだ。

見通しのいい川沿いの道には、柳の木立の他に、盾に取るようなものはない。

さてどのように逃れるかと家光が思案をすると、何を思ったか百蔵がいきなりつっと前に飛び出した。

「あの女の吹き矢などは気にすることねえ。徳ノ助さん、おれが盾になるよ。この体は鍛えてある。ちっとやそっとでやられるおれじゃねえ。こんなかたちでお礼ができるんなら、お安いご用だ。そこの女、撃てるものなら撃ってみろ」

「なんだい。いまいましい。やってやろうじゃないか」

瑠璃は毒づくように言って吹き矢をかまえたが、なかなか撃つことができない。

それに百蔵の動きが、思いのほか機敏そうである。撃ち損じれば百蔵に逆襲され、殴り倒されよう。

と、彼方から一群の派手な装束の男たちがこちらに向かってくるのが見えた。

立花十郎左衛門率いる赤鞘組であった。

立花十郎左衛門以下、皆すでに刀を抜き払い身がまえている。

そのなかに一人、老人の姿がある。

大久保彦左衛門であった。

「昨日、ご依頼のとおり、ここ仙台掘の米蔵の主を伊達藩の藩邸に訪ねて参った」

駈け寄ってきた彦左は、さすがに歴戦の強者だけに白刃のなか、斬りあう男たちなど歯牙《しが》にもかけない。

「これに持参したる物は、伊達政宗どのの詫び状。この脇差しは、紛れもない伊達家の家紋が刻んである。瑠璃なる者、とくとみられよ」

彦左衛門は書状と脇差しを突き出した。

瑠璃は憮然として老人を見かえしている。

「ようやったな、じい」

家光は、あらためて瑠璃に向き直った。

「瑠璃、すねるものではない。そなたの父が非情であったことを認め、こうして謝っておる。書状を読んでやってくれ」

「おお、そなたが瑠璃姫か」

彦左衛門が目を細めてうなずいた。

「瑠璃姫、あたしが？　冗談じゃないよ」

「政宗どのは、にわかに病を得て、病床に伏しておられる。震える手で、この書状を書かれたのだ、姫」

「笑わせるよ。あたしが姫だなんてさ」

「そなたは、まぎれもない伊達家の姫だ」

家光が刀を納め、瑠璃をまっすぐに見かえした。

「そなたは、段兵衛にもまた捨てられ、紀州の龍の餌となるところであった。いいかげんに目を覚ませ」

と、何を思ったか、又四郎がいきなり刀を納め、瑠璃に向かって言った。

「瑠璃、目を覚ますのだ」

「なにを言う、おめえ」

段兵衛が、目を剝いて又四郎を睨みすえた。

「黙れ、万段兵衛。瑠璃をこのように性根の腐った女にしたのは他ならぬおまえだ。俺がおまえに引導《いんどう》を渡してくれる」

又四郎が真っ向上段に剣をとり、段兵衛に迫った。

慌てて身を退く段兵衛を庇って、浪人がばらばらとその前を塞ぐ。

又四郎はかまわず踏みこみ、鮮やかな剣さばきで、またたく間に三人を倒すと、さらに段兵衛を追いつめていった。

「す、すまぬ」

段兵衛が、言いながら後ずさりした。

足元が滑る。

「女は返す、許せ」

冷ややかに段兵衛を見すえ、又四郎はそのままざあと刀を振りおろした。

それを見て、立花十郎左衛門の一党がいっせいに刀を鞘ばしらせ、黒ずくめの紀州忍群に斬りかかった。虎ノ助と亜紀も勢いよくおどりかかる。

勢いに押され、忍びはもうすでに受け大刀になっている。

「ええい、退け！　退け！」

名取三十郎が叫んだ。

家光が瑠璃に駈け寄り、その手を摑んだ。

「よいか、瑠璃。そなたの父は伊達政宗公だ。しかも病床に伏せておられる。もはや、今生《こんじょう》に二度と会うことができぬやもしれぬ。そなたを、親父殿に引き合わせる。花川戸の〈放駒〉を訪ねよ」

「父に……？」

「よいか、おれにとっても、あの御仁は親父のような心やさしいお人なのだ。情けもわかる、知恵もはたらく。頼りになる逞しいお方だ。きっと来るのだ」

瑠璃は家光の手を乱暴にふりはらうと、いまいちど家光を不思議そうに見かえし駈け去っていった。

その瑠璃の後を、又四郎は抜き身の刀を下げて追っていった。

三

富岡八幡宮の相撲小屋にもどった家光らを待ちうけていたのは、渋い顔で伊豆疾風の到着を待つ、相手力士滝ノ川であった。

さらに、向こう正面、人の円陣の向こうに、頭巾を着けた武士が見える。いかめしい面体の家臣を従えているところを見ると、紀州藩主徳川頼宣に相違なかった。

頭巾を着けた侍は、怒りに燃える双眸だけを露わにして、じっと家光を睨んでいる。仙台堀での争いの報告がすでに耳に届いているのであろう。

「面白い。南海の龍め、おおいに怒っておるな」

家光が笑いながら、隣の虎ノ助に言った。

と、正面の力士の円陣を見おろす会場で、わっと歓声が巻き起こった。

いよいよ伊豆疾風の取組となり、二人の力士が花道を会場中央に向かっていく。やや遅れて伊豆疾風を追って立花十郎左衛門以下赤鞘組の旗本たちが、どかどかと客席の一角を占有しはじめた。

これに怒って、紀州藩士が立ちあがって怒気をあらわにした。

女人禁制の男ばかりの会場は、それでなくとも異様な緊迫感に包まれている。

殺気立った気配に、場内が騒然とした気配に包まれた。

火を点ければ、めらめらともえあがりそうな会場の気配である。

いよいよ行司が双方の四股名を告げ、両者仕切りに入った。

相手の滝ノ川は、まだ二十歳にも届かない若者ではあるが、隆々とした筋肉で足腰も逞しい。

二度の仕切り直しの後、両者一斉に立ちあがると、滝ノ川はいきなり荒々しい張手《はりて》に出た。

伊豆疾風はそれをものともせず、張りかえし、ジリジリと押していく。

滝ノ川はついに伊豆疾風の顔面を掻きむしり、二本の指で目潰しをくらわすと、さすがに伊豆疾風の上体がわっと浮きあがった。

そこをすかさず前に踏み出し、滝ノ川は前まわしを取ると、いきなり膝頭で股間を蹴りあげた。

「うっ」

前のめりとなる伊豆疾風を、すかさず押していく。

伊豆疾風が、かろうじて円陣内に踏みとどまると、会場が一瞬静まりかえった。息を継ぐ者もない。百蔵は上体を弓なりに反らせ、体を右にひねると、勢いをつけて滝ノ川を後方に投げ飛ばした。

見事なうっちゃりである。

会場から、どっと喝采があがった。

「やったぞ、伊豆疾風ッ！」

「うっちゃり百蔵ッ！」

あちこちから声援が飛ぶ。

「やったぜ、やったぜ」

放駒親方が、おもとの手を取り、涙で顔をくしゃくしゃにして喜んだ。

おもとも、目頭《めがしら》を潤ませ、人の輪のなかの弟の姿が直視できないらしい。

場内が静まると、伊豆疾風も客席にもどっての観戦となる。

「いやア、これでおれも夢が叶えられた。倅を力士にすることはできなかったが、なあに、百蔵が息子の代わりになってくれたよ。こんな嬉しいことは生涯にもう二度とねえ」

助五郎は、すぐ隣に百蔵が座ると、興奮がさらに止まらなくなったらしく、男泣きに泣きはじめている。

「ありがとうございます。これも、親方と徳さんのおかげです」

そう言う百蔵の体を、バシバシとたたく。

見知らぬ見物客も百蔵をさわりまくった。

ひとしきり皆が喜びに沸きかえったところで、お角が用意した自慢の弁当となる。むろん、先程の握り飯とは別の籠である。こちらの方が豪華で手のこんだ料理に酒もついている。

お角は初め小屋の外に控えていたが、

――なんの、今日は女人にも開放する。

という明石志賀之助のひと声で、女たちがどっと会場に雪崩こんだ。

昼食の休憩時間も終わって取組はまた着々とすすみ、残りの一番となる。

「いよいよ東西大力士の取組が始まるぜ」

八兵衛が、配られた大きな柿を頬張りながら、土俵を見かえした。

左右の花道から現れた両力士は、場内割れんばかりの喝采をあびながら、思い思いの表情で仕切りに入る。

やがて仕切りを重ねるうちに水を打ったように静まりかえり、観客は固唾《かたず》を呑んで中央の人の円陣内を見守った。

よほど気合が入っているのだろう。仁太夫は顔面を紅潮させ、荒々しく塩を摑んでいる。

相方の気合が、仕切りのたびに増していくのがわかる。

余裕のあるのは明石志賀之助の方で、飄々と宙をにらんで塩を撒いているが、一方仁太夫は凄い形相で志賀之助を睨みすえている。

家光が目を転じれば、向こう正面の徳川頼宣は円陣から視線を外し、またじっとこちらを睨みすえている。

これまでの一連の企みがすべて家光に覆《くつがえ》されたので、よほど悔しいのだろう。

家光は、大ぶりの柿を野放図に食いながら頼宣を見かえし、にやりと笑った。

「なにやら、また汚い手を使わねばよいが」

虎ノ助が頼宣の視線に気づき、不安げに言った。

「張手、金蹴りくらいは平気でやるだろうが、なに、たかが知れているさ」

隣の伊豆疾風は、師匠の力を信じているようで、気にしているようすはない。

「おい、あれを見よ」

虎ノ助が声をあげて、人で固めた円陣のなかを指さした。

仁太夫が大量の塩を摑んだまま、撒かずに掌に隠して持っている。

「行司はどうした。どこに目をつけているのだ」

放駒親方が思わず立ちあがった。

現役時代の経験から、そうして大量の塩を摑んだ時は、だいたい立ち合いと同時に掌中の塩を相手の顔面にたたきつけるものである。

そうして体勢をくずした後、一気に寄りきるのである。勝負がついてしまえば、よほどのことがないかぎり、取り直しになることはないらしい。塩を食らわされた方が迂闊であった、ということで済まされてしまうのである。

むろん騙しの手で、放駒助五郎自身、しばしばその手をくらって敗《やぶ》れている。

「あっ」

五右衛門の曾孫の三兄弟が、揃って声をあげた。

立ち合いいちばん、やはり仁太夫が志賀之助の顔面に向けてパッと塩をたたきつけたのである。

咄嗟《とっさ》に、志賀之助が顔を背けた。

その隙を突き、やや小兵の仁太夫が弾丸のように志賀之助に突進していく。

それをがっしりと受けとめ、志賀之助はだが、崩れた態勢のままズルズルと後退し、かろうじて円陣の端で踏み留まった。

だが、両まわしを取られている。

「いけねえ！」

放駒親方が思わず叫んだ。

圧倒的に不利な状況下だが、志賀之助はよくふんばり、体を沈めて前まわしを切る、と真っ赤に顔面を染めてそのまま押しかえしはじめた。

場内から、わっと歓声があがった。

土俵中央まで押しもどした志賀之助が、巧みにがぶり四つの態勢に持ちこむと、すぐに上手《うわて》を取った。

次の瞬間、場内は静まり返った。

志賀之助がいきなり、壮大な右からの上手投げを繰り出したのである。

鮮やかな身のこなし、瞬きをも許さない速さに、場内はまた一瞬息を呑んだように静まりかえっている。

まさに、名人芸と言っていい大技であった。

常に最高の相撲をとる、志賀之助らしい王道の勝利であった。

一瞬遅れて、怒濤のような喝采と掛け声が起こった。

「やったぞ！」

虎ノ助が、バシバシと伊豆疾風の肩をたたいた。

家光は立ちあがって会場中央にすすみ、志賀之助を祝福した。

志賀之助が、家光に向かってうやうやしく一礼する。

場内の観客は、一瞬その人物が誰なのかわからなかった。

会場は息を呑むように静まりかえり、ふたたび割れんばかりの喝采が場内にこだました。どうやら、家光がお忍びで会場に姿を現したことが、わかる人にはわかったらしい。

と、南海の龍徳川頼宣がいきなり大刀をわし摑みすると憤然と立ちあがり、家臣を置き去りにして去っていった。それを、慌てた家臣一同が追っていく。

相撲通なら、観客は面体《めんてい》を隠した大身の侍が仁太夫の後ろ楯徳川頼宣と気づいていたのだろう。

観客たちが、頼宣の後ろ姿に野次を飛ばした。

江戸の町民は皆、明石志賀之助の贔屓なのである。

「よかったな。伊豆疾風も勝った。志賀之助も勝った。完勝だ。今日は、夜の更けるまで放駒で祝宴だぜ」

調子に乗って八兵衛が言った。

「おい、おまえたち。江戸じゅうの酒と肴を買い占めてこい」

助五郎親方が懐から大きく膨らんだ財布を八兵衛に投げて渡すと、

「わかった親方。百人分だ。花川戸の町衆を皆集めて、パッといくぜ」

真《ま》に受けた八兵衛の言葉に放駒親方も一瞬青ざめたが、家光がにっこり懐中から財布を取り出し、

「八兵衛、これも全部持っていけ」

と重そうな財布を投げて渡すと、

「ありがてえ、徳さん」

助五郎はちらと女房を見かえし、頭を掻くのであった。

四

それから十日ほど経って、家光は嫌がる瑠璃の袖を引き、伊達政宗の病床を見舞った。俄《にわ》かに体調を崩し、朔望《さくぼう》の登城日にも姿を見せない政宗に、いよいよ死期の近いことを悟ったからである。

伊達藩邸は、主の重い病にしんと静まりかえり、沈痛な空気に包まれていた。

「親父殿の容体はいかがか」

家光が、主に代わって家光を迎えに出た江戸詰奉行遠藤《えんどう》某に慌ただしく問いかけると、

「それが……」

遠藤は、言葉少なに主の病状を伝えた。

政宗は、体調不良がつづき、ここのところ食物が喉を通らず、何度も嘔吐したという。

寝所に足を踏み入れると、政宗は家光に配慮してなんとか起きあがろうと、周囲の者の腕を借りてもがいたが、よほど苦しいのであろう、ついには起きあがることがで

きず床《とこ》に崩れてしまった。

「よいのだ。親父殿。そのままに」

そう言って、家光はやさしく政宗を病床に横たえた。

政宗は家光の後方に瑠璃の姿を見つけて、はっとして目を細めた。

「瑠璃、親父殿だぞ」

家光は、手招きして瑠璃を呼び寄せた。

だが、瑠璃は顔を向けず、近づこうともしない。

「そなたが瑠璃か。苦労をかけたの。済まなかった。そなたを見捨てた私は、悪い親であった。許せよ」

政宗が力なく瑠璃に手を延ばしたが、瑠璃は体を固くして顔を背《そむ》けている。

「瑠璃、親父殿が悪かったのではない。祖父や父、私がやむなく国難に国を閉ざし、切支丹を禁教としたので、親父殿はその禁令に従ったまでだ。恨むならこの私を恨め」

家光が厳しく瑠璃を諭すと、

「だが、匿うことだってできたはずだ」

瑠璃は、顔を伏せたまま言った。

「そうだな。瑠璃……、わしが冷たかった」

政宗は力なくそう言って、瞼を閉じた。

「いや、親父殿は己の私情を捨て、藩と領民を護ることを選んだのだ。さぞや辛い選択だったのであろう」

「なんの、薄情であったのはまちがいないところ。娘よ、責めはいくらでも負う、怨みが消えぬなら、いっそこの父を刺すがよかろう」

「誰か……」

政宗は、か細い声をあげて人を呼んだ。

「脇差しを持て」

瑠璃がなにかを言おうとして、前屈みになって政宗を見つめた。

政宗は、黙って瑠璃を見かえした。

姫が、見つめてくれただけでも嬉しいのであろう。

「親父殿はいつも逞しかった。我が叔父頼宣の誘いも、よくぞ断られた。きっとイスパニアの一件で脅されておったのであろうよ。もはや親父殿がかつてなにを企んでおられたとしても、責めたてることなどはせぬ。むしろ、戦国大名の生き残りらしく、野心を捨てずに生きとおした親父殿を讃えたい」

「太いことを仰せられる。殿がおられるかぎり、残念だが徳川家は磐石《ばんじゃく》」

政宗がふと淋しげに笑って、また瑠璃に向きなおり、

「もはや遅きに失したが、瑠璃、そなたのためになんでもしよう。仙台にもどってともに暮らせぬか」

「いいえ……」

瑠璃は、また政宗から目を逸《そ》らした。

「ならば、他家に嫁にゆくか。ならばよい嫁ぎ先を捜してやろう」

「それならば、おれも力を貸すぞ」

家光が、言葉を添えた。

「いえ、嫁などに参りませぬ」

「されば、なにか望みはないか。なんなりと叶えてやる」

「ならば、放っておいてください。あたしは、これまでどおり芝居がしとうございます」

「芝居か。それもよかろう。わしも芝居が好きであった。この屋敷には三十名の能楽師を抱えておる。いや、そもわしの一生は、大芝居のようなものであった」

「まことでござるな。親父殿、太閤殿下にひと泡ふかせ、祖父家康を騙してイスパニ

ア行きの船を造らせ、思うように生きられた」

　家光は、政宗を見下ろして微笑みかけた。

「思えば、面白き一生でござったよ」

「なんの、まだまだ。これからも長生きをして、未熟な私を導いてくだされ」

「いや、わしの余命は、わしがいちばん心得ておりまする。将軍家におかれては、どうか伊達家六十二万石を末永く見守ってくだされ。伜忠宗はまだまだ青二才。なにをしでかすかわかりませぬが、どうかご寛容に」

「私は、伊達家を外様大名とは思うておらぬ。徳川譜代、いや、御三家よりも上に見て、信頼しておる」

「それは、まことにありがたきお言葉……」

　政宗の頰から、二筋の涙が頰を伝って流れ落ちた。

　瑠璃は、それをじっと見つめている。

「瑠璃よ」

　家光が、あらためて顔を向けた。

「家を護るため、親父殿が涙を飲んでそなたと母を藩外に逃した気持ち、わかったであろう。許してやってくれ」

「政《まつりごと》のことはあたしは知らない。親子のことを言っているんだ」

瑠璃が、乱暴に家光から顔を背けたが、涙を堪えているようであった。

その日、家光と瑠璃は、政宗の病床で伊達藩あげての心尽くしの膳にもてなされ、二刻ほど政宗を見舞って藩邸を後にした。

だが瑠璃は、最後まで政宗を父と呼ばず、後々の身の振り方も政宗には伝えなかった。

五

江戸城にもどった家光は、さっそく『大船建造の禁令』の制定の準備にとりかかった。

むろん、紀州藩主徳川頼宣の動きを封じるためである。

五百石積みの大船については、すでに西国大名に対して建造も所有も禁じていたが、対象は沿岸航行をする和船に対してで、外洋航行のための大船については幕府も認めていた。

だが、このたびは安宅船に代表される大船軍艦をも禁じることとなる。

この措置によって、徳川家御一門といえど除外とせず、すべての軍船も禁止されることになる。

これには徳川頼宣といえど抗《あらが》うことはできず、江戸湾にたびたび姿を現した黒船の出没は発布の日をもってぴたりと止まった。

頼宣は憤慨して病と称し、江戸藩邸にありながら、登城すらしなかった。

家光の完勝であった。


それからさらに半月の後、百蔵の正式な幕下昇進が発表された。その番付表を嬉しそうに見て、放駒親方が涙を浮かべている。

この頃はまだ十両という番付はなく、幕内のすぐ下が幕下である。

相模屋の旦那から着物一式を贈られ、それを身に着けた伊豆疾風の堂々とした姿に祝いに集まった者たちは目を瞠って百蔵の成長を讃えた。

「いやあ、百蔵は大したもんだ。あっという間に押しも押されぬ力士となった。幕内に昇る日も、そう遠くはねえだろう。死んだ百蔵のお父っつあんも、草場の陰で涙を流して喜んでいなさるだろうよ」

放駒親方が、いちだんと逞しくなった百蔵の肩をハシハシとたたくと、いつもは父と喧嘩ばかりしている息子の小四郎が、ちょっと羨ましそうにそれを見ている。

百蔵は、一気に幕下にまで昇進したので、放駒親方もとにかく鼻が高い。

「はやくおれを超えることだ。目指すは大関。上がってきたからって増長するんじゃねえぞ」

助五郎は、おだてた後で引き締めるのも忘れていない。

「船大工もいいが、人生は一度きり、好きなことができてよかったな、百蔵」

太助が、調理場で捌いてきた魚の大皿盛りを百蔵の前にどんと置いた。

「太助よ、おめえ。いつからそんなご立派な口をきくようになったんだ」

八兵衛が、太助の口ぶりをからかった。

「なにを言いやがる。おめえこそ他人のことをとやかく言える立場じゃあるめえ。ついこのあいだまで白波《しらなみ》稼業だったくせしやがって」

太助が、威勢のいい言葉で八兵衛に言いかえした。

「へん、言いやがる。おめえなんぞ女房連中相手に天秤棒担いで魚を売り歩いているだけだろうに」

「冗談言っちゃいけねえ。おれはおめえのようなそんな死んだような眼をしている魚は、ぜったいに売らねえぜ。おれァ、お客さんに旨い魚を届けることの一念で、毎日歩いてるんだ。お天道《てんと》さまに恥じるようなことは何ひとつしたことはねえ」

太助が、腕をまくりあげ八兵衛に啖呵を切った。

「おいおい、太助、もうそのくらいにしておけ」

家光は二人をなだめてから、

「世の中、金だ、立身だと、心を曲げて生きている者も多い。太助の言うように、仕事に誇りをもって生きるのはとてもよいことだ」

「そういえば、亜紀さんだって立派だよ。女だてらに棒振りなんて。さぞや陰口をたたかれるだろうけど、剣術一筋、見あげたものさ」

お銚子を運んできたお角が、亜紀をもちあげた。

亜紀は仙台堀での争いでは、身を呈してお角やおもとを守りぬいた。亜紀は、〈放駒〉ですっかり株をあげている。

「ところで、あの二人、どうしたんだろうね」

お京が、家光の横顔をうかがった。

「あの二人とは……?」

「ほら、南蛮人のおっ母さんを持つ、女歌舞伎の座長さんと相棒だよ」

「ああ、瑠璃と又四郎か――」

お京は、虎ノ助の部屋にたびたび又四郎が訪れて帰って行くのを見ている。

「ああ、よりをもどしたそうだよ。またいい仲だそうだ」

家光が虎ノ助から聞いた話を伝えた。

「そりゃよかった」

お京は、風変わりな生き方をする二人の男女を、陰ながら声援しているようだ。

「又四郎は瑠璃に惚れぬいている。きっと、旅の空の下、また芝居の演目を仲良く相談しあっていることだろうよ」

虎ノ助は、剣友を回想して猪口の酒を喉を鳴らして胃の腑に流しこんだ。

「それじゃあ、瑠璃さんはけっきょく、伊達さまと晴れて親娘のご対面となったけど、伊達さまのもとには帰らなかったんだね」

お角が、家光の肩に手をあずけて訊いた。

「おい、お角、雲の上の方々のことを徳さんが知るわけねえだろ」

助五郎が、うっかり家光と徳ノ助の区別を忘れそうに話すお角を諭した。

「いや、知ってるよ。将軍様のご意見番をしている叔父彦左衛門から聞いたよ」

家光が機嫌よくお角に応えた。

「瑠璃はもう、政宗公への怨みはないが、自分は芝居が大好きなので、女歌舞伎の一座をつづけることにしたそうだよ」

「もったいない話だね。伊達六十二万石のお姫様ともなれば、なに不自由のない暮らしだったろうにね。嫁の口だって、吐いて捨てるほどあったろうにさ」

苦労人のお京が、瑠璃の身の上を思った。

「お京の気持ちもよくわかる。だが、瑠璃は女歌舞伎にうちこんでるから、そうやすやすと芝居を捨てられなかったのだ。太助や百蔵のように、誠心誠意うちこんでいるものを、人は簡単には捨てられない」

家光は、しみじみと言った。

「それに、誰だって窮屈な暮らしはいやだ。将軍さまだって、当節、お城が窮屈だって時々飛び出すそうだ」

助五郎が、家光を斜めに見て笑った。

「ほんとうかい、親方。将軍さまが町に出るなんて、まるでお伽《とぎ》話みたいな話だよ」

お京が、なにを思ったか家光の横顔をふとうかがった。

「お京さん、なにを感心しているんだい」

にやにやしているお京をふりかえって、太助が訊いた。

「いえね、ふと想像してみたのさ。他愛のないことだよ」

「へえ、徳さんが、お城からお忍びで町に出てきた家光さまだって想像してみたんだろう」

太助は、謎をかけるようにお京に訊いた。太助も、そんなことをふと考えたことがあったからだ。

「もし家光さまがこの放駒に遊びに来たらどうする。考えてみただけでなんだか楽しくなるぜ」

酔いのまわった八兵衛が、紅ら顔で声を張りあげた。ほとんど呂律《ろれつ》がまわっていない。

「そりゃ、喜んでおもてなしするさ。おぼっちゃんで、ちょっと頼りない将軍さまって町の評判だけど、紀州の龍はしっかり抑えこんだし、着々と国を落ち着かせて、太平の世になさっているよ。戦さの世がどんどん遠のく気がする」

「どうだろう。大久保のご隠居に頼んで、この放駒に家光さまを招待してみるかい」

虎ノ助がそう言って亜紀と顔を見あわせた。

「皆、だいぶ酒がまわってきたな。だんだんヨタ話になってきた」

放駒親方が、苦笑いをした。

「それより太助、その後、江戸湾に現れた妙な南蛮船や黒船の噂はどうなった」

家光が頃合いをみて、話題を変えた。

「相模屋の旦那が言っていなすったが、なんだか近頃はすっかり姿を消しちまったらしいよ。佃島の長老石川重次さんから聞いたって話だ」

太助が、昨日聞いてきたばかりの話を皆に披露した。

「それはよかった。これで江戸の町衆も枕を高くして眠れる」

「じゃあ、今夜はここらあたりで、伊豆疾風の幕下昇進と江戸の海を鎮めてくれた将軍さまに乾杯をしてしめることにしよう」

「いいねえ、どっちも期待株だよ。将軍さまには、もっともっとこのお江戸を、いや、この日《ひ》の本《もと》の国をよくしてもらいたい。この話、聞こえていないものかね、将軍さまに」

お京が言った。

「もしかしたら、今頃お城でくしゃみをしているかもな」

家光は、そう言ってお京に微笑みかえした。

時代小説

二見時代小説文庫

浮《う》かぶ城砦《じょうさい》 上様《うえさま》は用心棒《ようじんぼう》2

著者 麻倉一矢《あさくらかずや》

発行所 株式会社 二見書房
東京都千代田区三崎町二-一八-一一
電話 〇三-三五一五-二三一一 [営業]
〇三-三五一五-二三一三 [編集]
振替 〇〇一七〇-四-二六三九

印刷 株式会社 堀内印刷所
製本 ナショナル製本協同組合

 ISBN978-4-576-15057-4
http://www.futami.co.jp/

はみだし将軍　上様は用心棒1
麻倉一矢［著］

目黒の秋刀魚《さんま》でおなじみの忍び歩き大好き将軍家光《いえみつ》が浅草の口入れ屋に居候。彦左や一心太助、旗本奴や町奴、剣豪らと悪党退治！　胸がスカッとする新シリーズ！

かぶき平八郎荒事始　残月二段斬り
麻倉一矢［著］

大奥大年寄・絵島の弟ゆえ重追放の咎を受けた豊島平八郎、八年ぶりに江戸に戻った。溝口派一刀流の凄腕を買われて二代目市川團十郎の殺陣師に。シリーズ第1弾！

百万石のお墨付き　かぶき平八郎荒事始2
麻倉一矢［著］

五代将軍からの「お墨付き」を巡り、幕府と甲府藩の暗闘。元幕臣で殺陣師の平八郎は、秘かに尾張藩の助力も得て将軍吉宗の御庭番らと対決。シリーズ第2弾！

べらんめえ大名　殿さま商売人1
沖田正午［著］

父親の跡を継ぎ藩主になった小久保忠介。財政危機を乗り越えようと自らも野良着になって働くが、野分で未曾有の窮地に。元遊び人藩主がとった起死回生の秘策とは？

ぶっとび大名　殿さま商売人2
沖田正午［著］

下野《しもつけ》三万石鳥山藩の台所事情は相変わらず火の車。藩主の小久保忠介は挫けず新しい儲け商売を考える。幕府の横槍にもめげず、彼らが放つ奇想天外な商売とは!?

運気をつかめ！　殿さま商売人3
沖田正午［著］

暴れ川の護岸費用捻出に胸を痛め、新しい商いを模索する鳥山藩藩主の小久保忠介。元締め商売の風評危機、さらに鳥山藩潰しの卑劣な策略を打ち破れるのか！